「……あッ……」
悦ぶようにそれがぴくんと反応し、黒田の顔が羞恥に苛まれる。
さっきより視覚的な効果もあるだろう。
足を閉じられなくされ、自分の課の派遣社員に股間を舐められているのだから。

マゾな課長さんが好き

不住水まうす

AZ BUNKO
イースト・プレス

CONTENTS

illustration 幸村佳苗

マゾな課長さんが好き

「今月末で契約終了になります」

薄暗い廊下の隅でそう言われ、雨宮夏樹《あめみやなつき》は言葉を失っていた。

本社からコスト削減の指示が出て、うちの部も派遣が一人切られる――そんな噂《うわさ》が社内で流れ始めた矢先だった。

「それは……本決まりですか。交渉する余地は」

すがるような思いで聞き返すと、派遣会社の営業はあからさまに面倒《めんどう》くさそうな顔をした。

「交渉と言われましても、企業さんがコスト削減のためと言っているのですから、うちではどうしようもないですよ」

その言葉で、目の前の男がろくに交渉もせず雇い止めを受け入れたのだと察しがついた。

男は落ち着きなく靴をかつかつと鳴らし、腕時計に目を落としている。不況のあおりで月給を二割減らされたというこの男は、最近やる気がゼロだった。

「あの、それじゃ、次の仕事を紹介していただきたいのですが」

「仕事の情報でしたらうちのホームページに載っているのが全部ですので、自分で探してください」

営業はにべもなく言うと、事務的な話を済ませてさっさと帰っていった。

「嘘《うそ》だろ……」

外は重く垂れ込めた曇り空。午前中なのに窓から差し込む明るい光はなく、思わずつぶやいた声は虚《むな》しく廊下に反響する。

今日は六月一日。あと二十九日で無職と宣告された雨宮は呆然《ぼうぜん》と立ち尽くすしかなかった。


「そう、雨宮君だったの……」

その日の昼休みが終わる頃、雨宮は派遣仲間の佐久間《さくま》に自分が切られることを打ち明けた。派遣の中では一番古株の彼女は心配そうに顔を曇らせていた。

「やだなぁ、そんな顔しないでください。死ぬわけじゃないんですから」

いつものように明るく振る舞おうとはするものの、自分でも声のテンションが下がっているのがわかる。空元気を発揮しても痛々しいだけかもしれない。

「雨宮君が切られたの、派遣会社の関係よね、多分」

だろうな、と思う。

派遣元は雨宮だけが別で、他の三人の女性は同じ派遣会社で営業もしっかりしている。きっと、あのやる気なし営業の方が企業側も契約終了を言い出しやすかったに違いない。

「でもよくわからないわね。うちら派遣は今でもみっちり仕事抱えてるのに、一人減ったら残業が増えるだけでしょ。それでコスト削減になるわけ?」

「さぁ……どうなんでしょうね」

「社員さんはどう思ってるのかしら」

佐久間がぽつりと言ったところで予鈴が鳴り、話はお開きになった。納得いかなそうに自分の席に戻っていく佐久間の背中を見ながら、雨宮は心の中だけで返事をした。

……社員の人は、どうも思ってないんじゃないかな。

ぼんやりと社内を見渡す。昼休みが終わるので外から社員が戻ってきて、各々の席に着いている。いつもと同じ光景なのに、それがひどく遠いもののように感じた。

このまま終了の日まで何も変わらないんじゃないだろうか。自分などいてもいなくても影響なんてないように。

そんな暗く落ち込みそうになる気分を追い払うように頭を振り、雨宮が席に戻ろうとしたその時、誰《だれ》かにぶつかりそうになった。

「あ、すみま……」

謝る必要はなかった。

その男は接触しそうになったことにも気づかずに素通りして、雨宮の課の奥の席に腰を下ろした。四月に課長として東京本社からこの支社にやってきた、黒田芳範《くろだよしのり》だ。

身長は百八十以上あるだろうか。いつも机に対して斜めに座るのは、そうしないと足が長すぎて机の下に収まらないからだ。それほどに背が高く、顔はきりりとした眉《まゆ》が凜々《りり》しい男前。前髪は整髪料できちんと上げていて、仕立てのいい背広にはしわ一つないのが何かの模範のようだ。

その黒田が始業とともに、「八木橋《やぎはし》」と同じ課の社員を呼んだ。よく通る硬質な声だ。八木橋は何事かと飛んでいき、緊張の面持ちで黒田の前に立つ。黒田に呼ばれた時はいつでも反り返るように背筋が伸びている。黒田はその端整な顔になんの表情も浮かべずに言った。

「さっきのプレゼンの資料だが、根拠を示さないと部長の納得は得られない。ここ、データを出してくれ」

黒田がディスプレイに表示されている資料を指で弾《はじ》く。それだけのことなのに、コンッと小さな音が静まり返った課内に響き、黒田の言動をことさら鋭く浮き立たせる。八木橋は「すぐ直します」と強《こわ》ばった声で返事をし、慌てて席に戻っていった。

優秀な人だが近寄りがたい。それがこの黒田課長のイメージだ。

ここは通信ネットワーク系の大企業であり、数えきれないほど社員がいるが、その中でも三十二歳の若さで課長に昇進というのは異例の出世だ。しかも黒田は専務の娘と婚約しているというのだから、絵に描いたようなエリートである。

社員と机を並べて仕事をしていると見えない壁というものを感じるが、この課長は壁どころではなく、雲の上の人という感じがする。そんな自分とは住む世界の違う男を、雨宮は横目で見ていた。

派遣は全員総務課の所属になっているため正確に言えば雨宮の上司は総務課長なのだが、今回の契約終了についてまだ一言もない。その上、仕事上の上司である黒田からも何も言ってもらえないのは雨宮としては大いに不服だった。要するに企業側からは一切説明がなく、雨宮は無視されているに等しい状態なのだ。

……こんなものなのかな。表の世界での俺の存在価値って。

パソコンに向かいながらも、いつの間にかそんなことばかりぐるぐる考えてしまう。

ここに来てから一年あまり、一生懸命働いたつもりだった。それがねぎらいの言葉もなく、派遣会社の営業に契約終了を伝えただけで終わりとは、あまりにぞんざいな扱いではないか。

黒田は生真面目《きまじめ》な顔で眉間《みけん》にしわを寄せ、ディスプレイを見ている。きっと難しい案件か何かに取り組んでいて、派遣が一人辞めることなんて頭の隅にもないのだろう。

そんなことを思うと自分がみじめになり、ますます落ち込んでしまう雨宮だった。


それから三日が過ぎて、月曜日の会社帰りのこと。

雨宮はとぼとぼと頼りない足取りで街を歩いていた。

ハローワークに足を運んだものの、今の生活を維持できる仕事は見つからなかった。一人暮らしなので時給が低すぎると生活していくのは厳しい。

雨宮の足はふらりと、歓楽街に向かっていた。自分の古巣がそこにあるのだ。

四年前に自営業をしていた両親を事故で亡くし、雨宮には多額の借金が残された。それを雨宮はゲイ向けの風俗店で働いて三年足らずで完済した。そこを辞めたのは一年ほど前の話だ。

辞める少し前から風俗で貯めた金で勉強して資格を取り、今の仕事にありついた。その時はまだ景気が上向きだったので、思えば運がよかったのだ。

「……」

店の前の道路脇《わき》には今日も電飾の看板が置かれていた。店は地下にあり、看板の後ろの階段を下りればそこに『アンダーパラダイス』がある。雨宮が勤めた古巣だ。

嫌な思い出ばかりではなかった。雨宮は小柄で線が細く、小さい頃から女の子のようだと言われ、今でも初めて会った人には、男？　と確認の目で見られるぐらい女顔なのだが、その愛らしい容貌《ようぼう》に似合わないどSなキャラ作りに成功し、店の常連には女王様ともてはやされていた。

向いていると店長に言われ、完済後も続けることを勧められたが、カタギの世界でもう一度やり直したいという気持ちが雨宮をここから抜け出させた。

……こんなことで戻りたくない。

雨宮はぐっと拳《こぶし》を握り、店に背を向けた。なのに二、三ヶ月後には結局自分はここにいるんじゃないかという予感が頭から離れない。

このまま自分は終わるのか。表の世界で何もできず、いなかったみたいに忘れられて。

その時、ぽつっと顔に水滴が当たった。

見上げると、月のない暗い空から雨が降り出している。ついてない。

持っていた鞄《かばん》を傘代わりに頭にかざし、本降りになる前に走って帰るか、どこかで雨宿りするかと周りを見回し——偶然、それが目に入った。

近くの風俗店から鞄を持った背広姿の男が出てくる。その背の高い男は、あの黒田課長だった。

——嘘、ほんとに？

雨宮は反射的に近くの看板の裏に隠れた。鞄を小脇に抱えて身を縮め、顔だけそろーっと看板から出してもう一度確かめた。やはり、どう見てもあのエリート課長である。

これって、チャンスか……？

とっさに携帯を取り出し、カメラを起動させる。操作する指先が少し震えた。

風俗通いだけでも外聞は悪い上に、黒田は専務の娘と婚約している。決まった相手がいる身で風俗通いというのは知られたくないネタに違いない。

雨宮はごくりと唾《つば》を飲み込んだ。

どういうわけか黒田は、店から出てきた胸の谷間も露《あらわ》な風俗嬢と黒服の従業員に頭を下げられ、足止めを食らっている。雨宮は今だとばかりにボタンを押した。

カシャッと控えめな音がして、手の中に証拠写真が保存される。やった、と雨宮は身震いし、宝物を手に入れたように両手で携帯を握り締めた。

ただ、この写真だけでは黒田が店から出てきたかどうかはわからない。厳密に言えば、なんの証拠にもなりそうにない写真だ。

だがせっかくつかんだ弱味である。

さらなる情報で補強するために、黒田が店を離れたのを見計らい、雨宮は何食わぬ顔で従業員に近づいた。

「なんだ、レインじゃないか」

かつての源氏名《げんじ》で呼ぶ男に、久しぶり、と手を挙げた。この小さな繁華街では顔見知りも多かった。

「どうしたんだ。またこっちに戻ってきたのか？」

「まぁね。近々そうなりそう」

いいんじゃないかと笑う男に、雨宮もなんでもないように笑い返した。ああ自分はこんな簡単に、裏の顔に戻れるんだなと思いながら。

「それよりどうしたの、さっきの客」

世間話のように聞くと、男は参ったよという顔をして声を潜めた。

「この辺をうろうろしてたから俺が声かけたんだ。風俗初めてって感じで楽勝だと思ったら、どうもインポを治すために来たらしくってさ……」

へぇ、と相槌《あいづち》を打ちながら雨宮は片眉を跳ね上げていた。あのエリート課長がまさかインポとは。

「今日ベテランがいないんだよ。さっきの子にフェラさせたんだけど、てんで駄目で……間が悪かったとしか言いようがねぇ」

……いいことを聞いた。

雨宮はその男に別れを告げると、早足で黒田を追いかけた。

細い雨が降る中、湧《わ》き上がるような高揚を覚えていた。写真を撮った時の震えはすでに収まり、堂々と夜の街を闊歩《かっぽ》する。いまや雨宮の心境は失業に怯《おび》える派遣社員ではなく、歓楽街で妖しく男どもを誘い込むレイン女王様のものになっていた。

このネタはまったくの無駄に終わるかもしれない。だが、それでもよかった。

ただ一矢報いてやりたい。あの自分は関係ないという顔をしているエリート課長を一ミリでも巻き込んでやりたい。このレイン女王様が黙って捨てられるだけの人間ではないことを、知るといい。

雨宮は最後に息を整え、斜め後ろから近づいた。

「お疲れ様です、黒田課長」

黒田はワンテンポ遅れて振り返り、相手が自分の課の派遣社員だと気づいてぎょっとした顔をした。そんな黒田を悠々と見上げる。

雨宮の身長は百六十八。黒田との差は十五センチほどあるはずだが、今は見下ろしているような感覚だった。

「あ……ああ、お疲れ」

「見ましたよ。さっき風俗店から出てくるとこ」

単刀直入に言うと、黒田は絶句した。とっさに否定する頭も働いていないらしい。

「あの店、よかったですか？」

「……まあ……普通、だ……」

必死に平静を保とうとして店に入ったことを認めてしまった黒田に、してやったりとほくそ笑む。

「ふぅん、その割にすっきりしない顔ですね。もしかして達《い》けなかったとか？」

「……ッ！」

普段のクールさはどこへやら、ごまかすこともできずに頬《ほお》に朱を散らす黒田を見て、あこの人嘘がつけないんだと確信しながら、雨宮の興奮はいよいよ高まってきた。

いける。これなら脅せる。

予想以上にうまく事が運び、真っ先に浮かんだのはこれでクビの取り消しを迫るということだが、それはやってもいいが駄目元である。

派遣の採用権限を持っているのは総務課長であり、黒田を脅したところで契約継続になる可能性は限りなく低い。

それならいっそのこと――。

「どこかで口直しでもしませんか？　このまま帰っても虚しいだけでしょうし」

「口直し……？」

雨宮の顔には自然と笑みが浮かんでいた。艶《あで》やかな夜の笑みが。

――今夜は、あんたの体で一晩、憂《う》さ晴らしをさせてもらう。

「ほら、雨も本降りになってきましたし、どこかで雨宿りでもしましょうよ」

無遠慮に黒田の腕をつかむと、その腕がびくっと強ばる。しかし雨宮が歩き出すと、黒田も引きずられるようにだが、それでも自分の足で歩いてついてきた。

今、雨宮の言葉に黒田は逆らえない。

その状況にほの暗い満足を覚えながら、黒田を近くのラブホに連れ込んだ。

やや抑えた照明に、壁際には大きなダブルベッド。

雨宮がラブホの入口のパネルで適当に選んだが、小綺麗《こぎれい》でまずまずの部屋だった。

「……何をするつもりなんだ？」

雨宮は早々と背広をハンガーにかけてベッドに腰を下ろしているのだが、黒田は背広を着たまま所在なげにたたずんでいる。

まあ、初めて男と体を重ねるにしては落ち着いているかと思っていたら、そうではなかった。

「ここに女を呼ぶのか？　悪いが、三人でなんて無理だ」

黒田の見当違いな発言に思わず笑いそうになる。なるほど、黒田はまったく状況を呑《の》み込めずにここまで来たらしい。

……まあ、それならそれで。

「そんなことしませんよ。とりあえずこっちに来てください。大事な話があるんです」

ベッドの横をぽんと叩《たた》くと、黒田は意味がわからないながらも隣に来て座った。その間に雨宮は自分のネクタイをほどく。

「話というのは……」

最後まで言わせなかった。

雨宮は黒田をベッドに突き倒し、腕をつかんで黒田の体を裏返しにした。

「なっ……」

うつ伏せになった黒田の背中に馬乗りになり、手を背中に回させる。

「何を君はっ」

「暴れないでくださいよ。さっきのこと、会社の人に知られたくはないでしょう?」

耳元で囁《ささや》くように告げると、黒田はびくりと動きを止めた。その隙《すき》にネクタイで両手首を手際よく縛り上げる。

これでもう、黒田は逃げられない。

再び黒田を転がして仰《あお》向《む》けにして、黒田の長い足の間に体を割り込ませた。

「……」

雨宮の意図に気づいたものの、まさかという顔でぎこちなく見上げてくる黒田にそそられながら、するりと黒田のネクタイを取り払い、首の際まできっちりととめられたワイシャツのボタンを一つずつ外していく。

脱がされる緊張に耐えかねたように、黒田が口を開いた。

「き、君はゲイなのか……?」

「ノーマルですよ。元はね。でも以前、男向けの風俗にいたので、もう慣れたっていうか目が肥えたっていうか」

「……男向けの風俗？」

　半信半疑の黒田に具体的に言ってやる。

「さっきの店の近くのアンダーパラダイスっていうところ。行ってみればいいですよ？男の客なら誰でも大歓迎ですから」

　最後のボタンを外したところで、黒田のアンダーシャツを片手で一気に脇までたくし上げる。見た目は細いのに意外にも厚みのある上半身が現れ、へぇと思いながら、雨宮は手始めに胸の小さな粒を指で転がした。

「なっ……」

　そんなところをいじられるとは思わなかったのか、慌てたように黒田が身を起こそうとする。それを押さえつけてシーツに沈めながら胸の尖《とが》りに舌を這《は》わせると、黒田の体がぞわりと鳥肌を立てた。

　インポということだが不感症ではないらしい。むしろ、何も感じないよりは素質がある反応だ。

「そっ、そんなところ感じないっ」

「そうですか？」

悪戯《いたずら》するように舌先でつついて輪郭を舐《な》め回し、もう片方は指でつまんでもてあそぶ。最初は慎《つつ》ましかったそこは、だんだん膨らんでぷっくりと熟れてきた。

「……やめろ、こそばゆいだけだ……っ」

そう言いながら黒田は目をぎゅっとつぶっているし、声は震えているのだからたまらない。

「何？　もっとしてほしいって？」

「違……ッ」

熟した果実を甘噛《あまが》みすると、黒田は釣り上げられた魚みたいにびくびくと痙攣《けいれん》した。黒田の反応がいちいち新鮮で面白くて、雨宮もノッてきた。

「こんなに感じちゃって。嘘つきですね、課長は」

「違う、本当に違うんだ！」

眉をハの字にして、黒田は変に裏返った声で訴えた。

「ふ、不能なんだっ、私は。だからこんなことしても……っ」

最後の言葉は消え入るように小さくなり、情けなさでいっぱいな顔を隠すように横に背ける。その目にはうっすらと涙がにじんでいた。

そんな課長に、ぞくりときた。

自分より八歳も年上で、自分より背が高く、自分より圧倒的に社会的地位の高い男。そんな男が今、自分の前で弱音をさらして泣いている。

接点なんてないと思っていた。

同じ課の一番手前と一番奥の席。その距離はせいぜい数メートルだけど、交流はないも同じ。朝の挨拶《あいさつ》以外の言葉をかけられたこともなかった。

このまま辞めたらきっと翌日にでも忘れられる。それが悔しくて、せめて最後に忘れられないようなことをしてやろうと思った。

なのに。

課長が見せた予想外の反応――ＳＯＳ――に心臓をわしっとつかまれた。

普通なら拒絶としか思わない課長のその言葉に関して、雨宮に対処できるテクニックがあったのは幸いだったのか不幸だったのか。

それをＳＯＳだと雨宮は勝手に感じ取ってしまっていた。

――俺の出番だ、と。

「ちょ、ちょっ、ちょっと待ってくれ！」

悲痛な声を無視して雨宮は黒田のベルトを引き抜くように外し、下着ごとズボンを下ろして片足から抜く。哀《あわ》れにも引きずり出された黒田のそこはやわらかいものの、まったく反応がないわけではなかった。

「少しは感じてるんですね」

「どこが……っ」

否定しようとする黒田に構わず、溶けかかった棒アイスを舐めるようにれろりと舌を這わせる。雨宮が浮かべた淫靡《いんび》な表情に黒田が息を呑むのがわかった。こちらの思い通りに反応してくれるのは気分がいい。

そもそもフェラは物理的な刺激より、くわえる側の表情が重要なのだ。その辺のフェラ嬢とは違うんですよ、と上目遣いに見上げてみせる。こういう時に自分の愛らしい顔がどう役立つのか、雨宮は心得ていた。

「や……めろ……！」

さっきより力強く反応を示したそれに手のしごきを加えながらいやらしく舐め、吸い上げる。

黒田は必死に制止しようとしているようだが、その声がすでに甘くかすれている。手応《てごた》えを感じ、雨宮は嬉《うれ》しくなって笑みを浮かべた。

「硬くなってきましたね」

「違う……ッ」

もう八割方勃起《ぼっき》している黒田を見て我ながら上出来だとは思うものの、インポがこれほど苦もなく勃《た》つのには少し疑問を覚えた。

「課長、ほんとにインポなんですか？」

「……っ……そうだ、今まで一度もできたことはない……っ」

「女の人とつき合ったことはあるんです？」

「……大学の時に一人だけ……それも行為がうまくいかなくて別れた……」

つまり童貞《どうてい》ということか。本当に嘘がつけない人だ。

「でもここ、問題なさそうなんですけど」

「いつもはこんなんじゃ……さっきだって……」

うろたえながら言っている途中で雨宮に裏筋を舐め上げられ、ひっと声を震わせる。硬さはさらに増していた。

「きっ、君が変なことするから……ッ」

両手を後ろで縛られてワイシャツをはだけられ、ズボンと下着を片足に引っかけたままの男が自身を勃たせて、恥辱に涙を浮かべている。

ああそういうことか、と雨宮は納得した。

「課長、マゾなんだ」

「……マゾ？」

「そ。虐《いじ》められると興奮する性癖《せいへき》のこと」

「なっ……」

黒田はぎょっとして目を剝《む》いた。

「そういうことなら俺、店で女王様してたんで任せてください。奴隷《どれい》を責めるのは十八番《おはこ》なんで」

「じょ、女王様？　奴隷？　違うっ、そんな変な趣味は……」

「変じゃないですよ。今時Mなんて普通です」

虐められないと勃たないところまでくると、かなり重症ではあるけれど。

「違う、本当に違うんだっ。大体、虐められて嬉しいわけが……っ」

「恥ずかしがらなくていいんです。よかったですね。課長はインポじゃなくて、マゾですよ」

その方が余計に普通の女性を相手にできないわけだけど。インポは治るけど、マゾは治らないから。

違うと必死に否定しようとする黒田が、蜘蛛《くも》の巣に引っかかった虫のようにいじらし

かった。もがけばもがくほど糸に絡め取られていく姿にぞくぞくくる。

店での女王様役はそれなりに楽しんではいたが、あくまで仕事であり、自分は真性のSにはなれないと思っていた。

——だけど、どうだ。

あのいつも眉間に縦じわを寄せていた課長が息を押し殺し、自分の手の中で悶《もだ》えていると思うとたまらない。

なんだろう、この感情。

愛《いと》しい。優しくしたい。だけど困らせたいし、虐めてめちゃくちゃにしたい。もっとひどくして、この人が乱れる様を見ていたい。

そう……。

ぴったりの表現を見つけて笑みを深くする。

——そう、この人はかわいいんだ。

「本当に違……ッ」

雨宮は笑って、黒田の口に指を突っ込んで黙らせた。

「ぐっ……う……」

「課長は縛られるのが好きなんでしょ？　それじゃ、その素直じゃない口も縛っちゃおうかな」

今度は自身のネクタイで口を縛られ、黒田はしゃべる自由さえ奪われる。ここまで屈辱にさらされても悲しいまでに硬くなったままのそこに、雨宮は易々《やすやす》と触れた。

「もうかちかちですね。でも、これからもっとすごくしてあげますから」

雨宮はベッドヘッドにあるローションを取ってくると黒田の足の間に戻り、張り詰めたそれにたっぷりと塗る。そして手のひらを先端に当て、円を描くようにくるくると動かした。

「……っ」

最初はほどよく気持ちいいだけだ。先っぽの膨らみをゆるゆると愛撫《あいぶ》され、黒田は快感に戸惑《とまど》っている。

指先でなでたり、揺らしたり、ちゅぷちゅぷと音を立てながら握ったり。

黒田はすぐに一回り大きくなった。

「あ、汁が出てきた」

「……ッ」

透明な先走りがあふれ出し、ますます愛撫の音を淫《みだ》らにする。黒田は耐えられないと羞《しゅう》恥《ち》に顔を歪《ゆが》めるが、まだまだ全然。恥じらいを感じる余裕があるうちは序の口だ。

それからさらに数分愛撫を続けたところで、黒田の反応が明らかに変わってきた。

「ん……んん……う……ッ」

さっきから剝き出しの太ももに力が入り、声が苦しげにくぐもっている。

先端部は一般に男がもっとも感じる性感帯であり、それを集中的に愛撫することで感度を極めて鋭敏にしていくのが亀頭《きとう》責めである。最終的には剝き出しの神経を嬲《なぶ》られるような感覚になるので、される側はたまったものではない上に、竿《さお》は刺激しないのでなかなか達くことができない。別名、地獄車ともいうこの技は雨宮が店でもっとも得意としていたものだ。

すでにぎちぎちに膨らんだそこを軽く手のひらで包み、手首のスナップをきかせた動きでまとわりつかせるように愛撫する。雨宮は触り方も絶品で、つまりは今の黒田にとっては地獄の責め苦も同然だった。

あまりの刺激の強さに黒田は体をよじらせ逃げようとするが、逃がすはずがない。雨宮は両足を広げて黒田の太ももの上に足を置いて押さえつけ、ソフトに執拗《しつよう》に責め立てる。

「ん……ぐっ……んぅッ」

口をふさいだネクタイが唾液《だえき》を吸って染みになっていく。黒田は首を何度も横に振り、やめてくれと涙をためて懇願《こんがん》するが、そんなことをしても無駄だ。

否定するふりをしたって、黒田の目にははっきりと欲情の色が浮かんでいるのだから。

「達きたい？」

「……」

達きたいに決まっているだろうが、恥ずかしさの方が勝ったのか、黒田は頷《うなず》かなかった。

だがそれこそが思うつぼだ。

もう達くというぎりぎりのところで手を離し、愛撫を中断する。やっと達けると思っていたのに刺激を失い、なぜと切羽詰まった目を向けてくる黒田に意地悪な笑みで答えてやる。

「まだ課長は達きたくないんですよね？　いいですよ。何度でもやってあげますから」

「……!?」

今度は左手で根元を握り、先端をはち切れんばかりに充血させた状態で責めを再開する。そして達く兆候を察知すればまた一時的に手を止め、達かせない。この寸止めは亀頭責めの醍醐味《だいごみ》の一つであり、黒田は激しく身悶えた。

持てる技を駆使して課長のマゾ心を満たしたい。

そう意気込んでいたわけだが、雨宮が熟練のプロフェッショナルなのに対し、黒田があまりにも初心者すぎた。それから二度寸止めしたところで黒田の腹筋が細かく震え出し、目の焦点が合わなくなってきた。

　息苦しそうにするというか、なんか息ができてなさそうだったので口の戒めを解いてやると、黒田はとっさに唾を飲み込むこともできず、透明な液体が口を伝ってシーツに染みていく。そのとろけきった淫らな表情に雨宮の方が参ってしまう。

「もう一回ぐらいがんばってみます？」

　すると、黒田は死に物狂いで首を横に振った。

「じゃあ、どうしてほしいです？」

「だっ……出させてくれ……っ」

　黒田は息も絶え絶えになりながら、それでも今度は自分の欲を認めた。

　端整な男前の顔を涙と唾液でぐちゃぐちゃにしながら懇願され、もう許してやってもいいはずだった。憂さ晴らしという当初の目的は十二分に果たしている。

　なのに、それでは満足できなくなってきている自分に気づく。この行為にのめり込まされたのは多分、黒田ではなく雨宮の方だ。

　雨宮はさらに「どんなふうに？」と質問を重ねて焦《じ》らしにかかった。

「そっ……そんなのなんでもいいっ」

「それじゃわかりませんよ。口ではむはむしてほしいんですか？　それともマニアックに足でしごいてほしいとか」

「ふ、普通でいいっ」

「普通って？」

どうあっても具体的に言わなければ解放されないとわかり、黒田は泣きそうな声を搾り出した。

「手で……手でしごいてくれ……っ」

自分が何を口走っているのか、もうどうでもいいように半狂乱になっておねだりする課長の姿がたまらなかった。雨宮はそれ以上は焦らすことなく手を動かし、竿を数回しごいてやるだけで黒田は達した。

「あ……あああぁッ！」

びゅく、びゅくっと白濁が噴き上がり、雨宮の手を汚していく。そんな黒田を見ながら震えがくるような支配感に浸っていた。

かわいい。

この人、なんてかわいいんだろう。

「あ……」

他人の手の中で達かされて呆然としている黒田に笑いかける。

雨宮の中で、一つの決意が揺るぎなく固められた瞬間だった。

（俺、派遣契約が終わるまでに、この人をものにする……！）


翌日、雨宮はいつもより三十分も早く会社に向かっていた。

青く澄み渡った空の下、今から黒田に会えると思うと足取りも軽くなる。

俺と顔を合わせたら、あのマゾ課長はどんな反応をするだろう。きっと恥辱で目も合わせられないに違いない。潤んだ目で頼むから昨夜のことは誰にも言わないでくれ、みたいな顔されたら最高だよなと思いながら浮き浮きで会社のビルに着き、エレベーターに乗る。そして十階フロアで降りると小走りになるような勢いで職場に入った。

まずは課の奥の課長席に目をやるが、いない。あれ？　と思って事務室を見渡すと、黒田は観葉植物の陰で総務課長の伊沢《いざわ》と話していた。

珍しいなと思いながら雨宮は自分の席に着き、背広を脱いで椅子《いす》の背もたれにかけた。ここの会社はクールビズ開始が遅くて来週の月曜からなので、他の人たちも大抵そうしている。そうじゃない人もいるけど、と思いながら黒田の方に目をやった。

いつも通りきちんと前髪を上げ、きっちりと背広を身にまとっている。あまり暑さを感じない人なのか、横顔はクールで黒田の周りだけ気温が違うのかと思うほどだ。そんな黒田が雨宮の視線に気づいてこちらを見た途端、びくっと体を強ばらせた。

……かわいい。

雨宮が笑みを見せると黒田は警戒感をにじませながらも目礼を返し、すぐに伊沢課長に視線を戻した。しかし、肩に力が入ったままで変に緊張しているのは丸分かりだ。おおむね期待通りの反応に雨宮はすっかり気をよくしていた。

今日は大事な一日だ。ある意味、昨日《きのう》よりも重要かもしれない。

二人の今後の関係が今日の行動如何《いかん》によって決まる。すなわち、どう脅しの話に持っていくかだ。

昨日の時点では、課長の体で憂さ晴らしをしたあと、駄目元でクビの取り消しを迫るかどうかというところだったが、今はクビの取り消しなんかより、もっと魅力的な要望があった。

雨宮はパソコンを立ち上げて社員録にアクセスし、黒田の婚約者の情報を表示させた。婚約者もここの社員なのでこういうことが可能なわけだ。その表示された電話番号とメアドをさっと自分の携帯に登録する。

これで昨日店の前で撮った写真を黒田に見せ、「この写真を婚約者に送られたくなければマゾ奴隷になれ」と迫る。シナリオ的には完璧《かんぺき》だ。

次の逢瀬《おうせ》を夢想する。やはりメインディッシュは黒田の筆下ろしだ。

昨日のうちに最後までしたい気持ちももちろんあった。しかし達かせたあと、黒田はいっぱいいっぱいな状態で、これ以上は黒田がプレイに集中できないと判断し、タクシーに乗せて帰らせた。

というか。

三十二年間守られ続けた童貞である。そんな貴重な初めてを、あのパニックの中で終わらせるなんてもったいなくてできるはずがない。これは日を改めて仕切り直した方が何倍も楽しめると雨宮は踏んだわけだ。

童貞を奪うなら、ちゃんと女王様と奴隷のムードを作って、黒田の上に乗って、じっくりじっくりとろ火であぶるように黒田を責めて喘《あえ》がせて、挿《い》れさせてくださいと自ら懇願するまで我慢させてからだ。その瞬間を想像するとたまらない。

（絶対、うぶでかわいいに違いない……！）

と、今からよだれが出そうになっていたその時、話を終えた黒田が席に戻ってきて、マグカップを持ってまた離れていった。

——チャンス。

黒田は一日に数回、給湯室にコーヒーを注ぎにいく。今はまだ出勤している社員が少ないので給湯室で二人きりになれるはずだ。

黒田を追って廊下に出ると雨宮は意識して歩を緩めた。余裕綽々《しゃくしゃく》、この自分に怖いものなどないと言わんばかりの態度を作る。ここが女王力の見せどころだ。

奴隷に対してあくまで優雅に、圧倒的な優位を知らしめ、服従させる。

その心構えで給湯室に足を踏み入れると、ちょうどコーヒーを注ぎ終わった黒田がぎょっとしてこちらを見る。やはり二人きりであり、狙《ねら》い通りだと思いながら、まずは改めて挨拶した。

「おはようございます、課長」

「あ……ああ、おはよう」

「昨日は楽しかったです、とても」

マグカップの黒い水面が小さく波打つ。淹《い》れ立てだからだろう、香ばしい匂《にお》いが漂ってきた。

「今度の土日、お時間取れませんか？　もっとゆっくり二人で過ごしたいと思うので」

「……」

空気が張り詰めているのがわかる。黒田の硬い表情を見て、やんわりとなだめるようにつけ加えた。

「大丈夫。月末までですよ。月末までつき合ってくれれば、課長があんなお店に入ったことは秘密にします」

月末で終わらせるつもりはないが、脅しはそれまでで充分だと思っていた。

そもそも脅しという形は取るが、それは内なる欲望にまだ素直になれない黒田に、従う言い訳を与えるためだ。一ヶ月あれば、いや次の一回で黒田を虜《とりこ》にできる。そんな自信に裏打ちされ、艶やかな笑みさえ浮かべて言ったのだが。

「雨宮」

ことりとマグカップが流しに置かれ、次の瞬間——目の前の男にがしっと両肩をつかまれた。

「……!?」

大きな手が肩に食い込み、その反動で体が揺れた。上背のある黒田の顔が間近に迫り、その険しい目に射抜かれる。

「人を脅したりしては、駄目だ」

真剣そのものの声でそう言われた。

（え、え、え、えええええー⁉）

雨宮はあんぐりと口を開け、女王様にあるまじき間抜け面《づら》で黒田を見上げた。

（そんな真っ当な反応、する⁉）

自分を脅してくる相手に説教。そんなのありかと思っていると、黒田はもう何もかもを覚悟しているという顔で言葉を続けた。

「昨日のことは、誰かに言いたいなら言えばいい。私が自分でしでかしたことだ。それでどんな結果になろうと、たとえここにいられなくなろうと、それはいい」

（ちょっ、それはいいって、駄目でしょ⁉）

黒田の社会的地位を思えば信じられない発言だ。エリートで失うものが大きいからこそ、軽く脅しただけでも通用すると思っていたのに。

嘘でしょうという顔をする雨宮に、黒田は苦りきった声で答えた。

「君にこんな間違ったことを続けさせるよりは、よほどましだ」

何を犠牲にしてでも止めるという気迫がびりびりと伝わってくる。雨宮は完全に気圧《けお》されていた。

「いや、あのっ……」

その時、廊下から近づいてくる足音が聞こえ、はっとして互いに体を離した。

はよっす、と言いながら男が入ってきて、短く刈り上げた髪をかきながら紙コップに手を伸ばす。隣の課の岩村《いわむら》主任だ。さっきまで一服していたのか、漂うコーヒーの匂いにわずかに煙草《たばこ》臭さが混じった。

「……ああ」

「おはようございます」

普段通りに挨拶したはずだが微妙な違和感があったのか、岩村は太い眉を動かして、ん？　という顔をした。

「何、お邪魔やった？」

「変な気を回すな」

黒田が軽くいなすと、岩村は笑いながらコーヒーを注いでいる。役職は違うが黒田と岩村は同期なのだ。

黒田は何事もなかったかのようにマグカップを取って給湯室をあとにし、雨宮もそれに続いた。数歩歩いたところで、「仕事が始まってからと思っていたが」と黒田が言った。

「今から応接室に来てくれないか。きちんと話がしたい」

雨宮は頷いた。おとなしく従うしかなかった。

応接室は事務室と同じフロアにある。

中に入ると部屋の真ん中にガラスのローテーブルがあり、その両側にソファが配置されている。そこに黒田と向かい合う形で雨宮は座った。

「君にはすまなかったと思っている」

そんな言葉から黒田の話は始まった。真摯《しんし》な目が静かに向けられる。

「昨日のことは私を恨んでのことなんだろう」

「いや、あの……」

「契約終了のことがなければ、私をどうにかしようなどと思わなかったはずだ。すまなかった。君をそこまで追い詰めてしまったのは私にも責任がある」

それはそうなのだが、そのあまりに真面目な受け止めにこちらが恐縮してしまう。昨日散々なことをしたのは自分の方なのに。

黒田は沈痛な面持ちで目を伏せた。

「朝、総務の伊沢課長に聞いたんだが、契約終了について君は何も説明を受けていなかったんだな。そういうものらしいが、私が知っていることは話しておきたい」

え、じゃあ派遣先から説明がないのは普通なんだと今さら気づくが、そんな動揺を表に出すわけにもいかず、契約終了はコスト削減の一環で決まったという説明を半ば上の空で聞いていた。

「なぜそれが君になったかだが、多分私が異動してきたばかりの新参者の課長だったからだ。他の課長より文句を言わないと思われたのだろう。実際、言わなかったしな」

いや、その件に関しては絶対うちの派遣会社の駄目営業のせいですからと言える雰囲気でもなく、黙って聞いているしかなかった。気づけばすっかり黒田のペースに呑まれていた。

「ここは組織形態が少し特殊だ。そもそも君は総務の所属だから、私にどうこう言う権利があるとも思わなかった。……いや、これは言い訳だな。君の業務上の上司は私だ。君の処遇に関しては私が責任を持つべきだし、こういう説明も私がもっと早くすべきだった。君とにかく、君の勤務態度や仕事ぶりの結果で決まったことではないと言い添えておきたい。私も今となっては納得いかないが、一度会議で決定したことで、君ではなく他の誰かを辞めさせる理由もない以上、決定を覆すことはできない。申し訳ないがこらえてくれないか。本当にすまなかった」

そう言って、黒田はつむじが見えるほど深々と頭を下げた。

……ああ、この人いい人だ、と呆然と思った。

黒田は誰にも責任転嫁せず、雨宮が狼藉《ろうぜき》を働いた理由を理解し、それと真正面から向き合って誠実に謝ってくれた。こんなできた人、そうそういない。

というか……いい人すぎた。

(――ここで脅したら、人でなしだろ)

ポケットの中に携帯はある。でも、もう無理だった。

黒田が脅しには乗らないと言ったからだけではない。雨宮のルーズな良識を震え上がらせるほど、黒田の真面目さは本物だった。

「あの、ひ、一つだけ聞かせてください」

下種《げす》な質問かもしれないが、これだけは聞かずにはいられない。

「昨日、昨日のことは、その課長も、少しは」

皆まで言う前に、黒田は苦渋に満ちた顔を見せた。

「昨日のことは後悔している」

(のぉぉぉ!?)

後悔、という言葉がぐっさりと胸に突き刺さる。

プレイをした相手にそんなことを言われたのは初めてだった。それはつまり、雨宮とのことは過ちだと思っているということだ。

「ホテルに行くべきじゃなかった。あの時点で君は脅してはいなかったのに、私が勝手にそう感じて従ってしまった。自分がしたことを他人に知られたくないという弱さがあったからだ。今となっては自分が情けない」

「いやあのっ、もうっ、いいですっ」

あわあわと雨宮は遮った。完全に雨宮が悪いのに、まだ自分を責めようとする黒田を見ているとこっちが泣きそうになってくる。

「ここまで誠実に説明していただけて、感謝しています。昨日はほんとに、ほんとに、すみませんでしたっ」

黒田に負けないぐらい頭を下げながら謝った。こんな結末、想像もしていなかったけど、もう、そう言って矛を収めるしかなかった。


翌日、雨宮は会社で抜け殻《がら》のようになっていた。

雨宮の仕事は主に専用システムで使うデータの加工作成だが、その作成効率が大幅にダウンしている。これではまずいと思うのだが、やる気というか魂が浮上しない。

契約終了を言い渡された時よりショックは大きかった。

目に映る何もかもが空虚で儚《はかな》い。欲望が潰《つい》えた雨宮などセミの抜け殻以下だった。

（いや、だって何これ？　ここはこう、脅されながらも、体は正直だなむふふお代官様おやめくださいくるくるくるあーれーみたいな展開になるんじゃないの!?）

ならなかった。あんなにマゾなのに。女性とだとインポになるほどマゾで、虐められると途端に悦《よろこ》ぶマゾなのに。

（あの真面目さは……何……？）

今まで雨宮が遭遇したこともない人種だった。

自分のことは顧みず、脅してきた相手に説教。その上で相手の不満には誠実に対応。まさに人格者だ。自分は本当にあんな人をラブホでいいようにしたのだろうかと信じられなくなってくる。

「ちょっと雨宮君、大丈夫？」

気づいたら昼休みになっていて、佐久間に声をかけられていた。

「……ふぁい」

「一緒にご飯でも食べない？　気分転換に」

「……ふぁいい」

よろよろと席を立ち、給湯室に向かう。そこで配達された弁当を取ってきて、派遣女性三人がいつも昼食に使っている打ち合わせ用テーブルに移動した。

事務室の隅のパーティションで区切られている場所で、昼休みは電気を消すため今日のように雨だとかなり薄暗い。そして防音は期待できないため、ここで内緒話をする時は声を潜めるのが鉄則だ。

派遣四人全員が集まると、自然と雨宮の契約終了の話題になった。今は派遣四人で五つの課の仕事を受け持っている状態であり、一人抜けると確実に残業が増えるため、他の派遣仲間も人ごとではなく気をもんでいた。

「ショックです。雨宮さんが辞めさせられるなんて。私、すごく雨宮さんにはフォローしてもらってたのに……」

目を潤ませてそう言うのは、派遣の中では一番年下の七瀬《ななせ》だ。少しおっちょこちょいだが愛嬌《あいきょう》があり、ゆるふわの髪が彼女の優しげな雰囲気に合っていて結構かわいい。

そんな七瀬が涙ぐんでくれるとちょっと感動的だが、早合点してはいけない。一ヶ月ほど前にレーシックをして、術後の経過がかんばしくないとかで、しょっちゅう目薬をさしているのが彼女の近況である。

「次の仕事は見つかりそう？」

「全然ですね……。でもまぁ長期戦でいきますから大丈夫ですよ。なんとかなりますって」

佐久間に心配されても、そんな適当な答えしか出てこない。今は黒田との濃密な未来が潰えたことで頭がいっぱいな雨宮である。

「雨宮君は納得できるの、今回のこと」

何事もはっきり物を言う寺内《てらうち》が、分厚い眼鏡《めがね》のレンズ越しに雨宮を見つめてくる。

「仕方ないですよ。それに黒田課長が解雇のことをきちんと説明してくれたんで、俺的には諦《あきら》めついたっていうか」

寺内は眉をひそめた。

「そんなことぐらいで納得できるの？　私だったら許さない」

「手厳しいですね」

「私、あの人嫌い。いかにも東京から来たエリートって感じで、派遣なんか視界にいませんって感じ」

雨宮も昨日まではまったく同じイメージを抱いていただけに、寺内の気持ちはよくわかった。

「うーん、なんていうか、黒田課長って人間味がないのよねぇ。四月にさ、専務の娘さんとの婚約話が噂になったじゃない？　あの時、うちの課長が黒田課長に『あの子と結婚するんだって？』みたいなこと言ったわけよ。そしたら黒田課長、『仕事に関係ないことですから』って言って、それで終わりよ。もう周りは引きまくり」

佐久間の話に、寺内は「何それ、感じ悪い」と顔をしかめていた。雨宮もその時たまたま現場を見ていたので、うわこの人ノリ悪、と思ったのは覚えている。

「黒田課長ってそういうこと平気で言いそうですよね。全然笑わないし」

七瀬がそう口にした時、すっとこちらに近づく人影がパーティションの上から見えた。

その瞬間、全員が口をつぐむ。

社員の悪口を言っているのを聞かれるとまずいし、しかもパーティションより背が高い人間だったため、一瞬黒田かと思ったのだ。

しかしパーティションの上から顔を出したのは、太い眉を情けなそうに寄せた岩村だった。

「佐久間さぁん、俺の弁当がないぃぃ」

「嘘っ。もぅ、今度は誰？」

会社で取っている仕出し弁当は、各人が毎朝注文用紙に丸をつけ、佐久間がまとめて注文する方法を取っている。しかし、丸をつけ忘れたのに食べる人間がたまにいるのだ。

佐久間が文句を言いながらも笑って立ち上がる。相手が岩村だったことで緊張が解け、場にほっとした空気が流れた。

「あーええなぁ、あめみっちゃん、今日ハンバーグやんか」

顎《あご》をパーティションの上に乗せ、岩村がひもじそうに雨宮の弁当に視線を送ってくる。まるで野良犬がおこぼれをねだるような目だ。

「俺が弁当取った時、最後の一つでした」

わざと岩村に見せつけるようにハンバーグを箸《はし》で持ち上げて口に入れると、ああっと岩村が哀れな声を出して笑いを誘う。

「岩村主任、出遅れたんですね」

岩村と同じ課の七瀬が、やはり笑いながら声をかける。

「会議が長引いたんや。いかんよな、ちゃんと時間通りに終わってくれんと」

「じゃあ今日は昼食抜きってことで」

「なんでや。今からコンビニ走るわ」

寺内の言葉に岩村が焦ったように言い返し、どっと笑いが沸き起こった。

人間味。まさに黒田にないのはこれだと思う。

同じ同期で黒田は人を寄せつけないが、岩村の周りには自然と笑いが起こる。

ここまでひょうきんにならなくていいのだが、せめてラブホでのあの動転ぶりの十分の一でも周囲に見せれば、きっと黒田はここまで女性陣に敬遠されてはいなかっただろう。

ほんとは課長はあんなにも誠実でいい人なのだけど。それこそ、自分とは住む世界が違うほどに。


その日の午後、雨宮は相変わらず黒田のことばかり考えながら、コピー機の横のラックに入っていたトナーの箱を四つ、引っぱり出していた。

物としては新品なのだが、事務所に存在しないコピー機のトナーだ。古株の佐久間によると三年前にコピー機の変更があり、これは変更前の機種のトナーだそうだ。

ゴミ以外の何物でもないが、トナーはリサイクルすることになっているのでゴミに出せない。しかもメーカーが変わったので、コピー機のメンテに来てくれているメーカーの人には回収を頼めない。それで放置され続け、雨宮もその話を聞いてからしばらく経っているわけだが、遂《つい》に終止符を打つことにした。

前の機種のメーカーに電話をかけ、トナーの回収先を聞いて送ることにしたのだ。

（よし……！）

トナーをダンボール箱に詰めて送付伝票を貼《は》って宅配便に出して完了。やってみれば、この長きにわたる年月はなんだったんだと思うぐらい簡単に成し遂げられた。スペースに一気に余裕ができたラックを腰に手を当てて眺め、一人満足する。

よく使う場所なので、このスペースもそのうち有効利用されるだろう。それを自分が見ることはないかもしれないけど。

（そう、なんだよなぁ……）

今までの会社での生活が終わってしまう。ほんとにクビになっちゃうんだなと、今さらながらにそれをじわじわと感じていた。

（もっとここで課長と働けたらなぁ……）

「片付けたのか」

「はいぃッ？」

いきなり隣で課長の声がして、びくぅっと飛び退《すさ》りながらそちらを見た。

そこにはコピー機の前でプリントアウトを待っている黒田がいた。雨宮がいきなり飛び退ったので、黒田の方も目を丸くしているが。

「あ、はい、あの、使ってないトナーだったので……」

目をそらし、何も悪いことなどしていないのに声がぼそぼそと小さくなってしまう。

昨日から黒田の前ではすっかり恐縮しきっている。それはあたかも悟りを開いた立派な僧侶と、その後光だけでジュッと浄化されそうになる低級な悪魔のようだ。

沈黙が落ち、かしょん、かしょんとコピー機の音だけが流れていく。

横たわる空気が重い。黒田に見られていると思うだけで緊張のあまり冷や汗をかくほどだ。

この人の前では自分の存在が恥ずかしい。

マゾだからといって、誰もが雨宮を求めるわけではないのだ。

黒田が心を開くのはもっと何か格の高い女王様かもしれないし、マゾサドとは関係ない人物かもしれない。

（なのに俺、ラブホで自分が求められてるとか勘違いして……）

自分なんてお呼びじゃなかったのだと、しょんぼりうつむいてしまう。だから、隣で黒田が道端の子猫を気にする時のような顔をしていても、雨宮は気づかない。

黒田は息を吐き、気を取り直したように再び話しかけてきた。

「……そういえば、この前からそこの作業台の上も使えるようになったな。それも君か？」

言われて、雨宮は顔を上げた。

今気づいたが、黒田は背広を脱いでいた。糊《のり》の効いたワイシャツが目新しく、青いネクタイが鮮やかに映えている。思わず見惚《みと》れそうになるが、黒田はコピー機とラックの間にある作業台に目をやっていて、雨宮も慌ててそちらに視線を移した。

この小さな台、実にいい位置にあるのだが、文房具が面積の八割方置かれていて作業台としてまったく機能していなかった。最初はそういうものだと思っていたが、一年経って、この文房具はここにある必要はないと気づいて片付けた。

「あ、はい」

「使い勝手がよくなったな。他の人間もよく使っているようだし」

「そう、ですね」

雨宮が片付けたら途端に作業台として使われ始め、みんな気づいてたなら片付けろよとツッコミを入れたくなったほどだ。

「誰かに言われたのか？」

「いえ。多分、誰の仕事でもないので野放しなんだと思います」

「そうか」

一呼吸置いて、黒田は言った。

「片付けた君は偉いな」

「……っ」

黒田は作業台を見たままだ。

「あ、ありがとう、ございます」

礼を言うと、意外にも黒田の目元がうっすらと赤く染まっていく。

多分あんなことがあったから、逆に雨宮に目をかけようとしてくれているのだろう。それで、いいところを見つけてさりげなく誉めようとしたけど、慣れていなくて直球の誉め言葉になってしまったというところか。

（ここまで真面目だとほんとにすごいっていうか、きゅんとくるっていうか……）

コピー機の音はいつの間にか止まっていた。プリントアウトは全部済んだはずなのに、黒田はまだ動こうとしない。

黒田はゆっくりと雨宮の方を向いた。目が合った。今度はどちらも目をそらさない。黒田は少し心配そうに眉を曇らせ、口を開いた。

「君はその――」

「黒田課長、内線鳴ってます」

同じ課の社員に呼ばれて、躊躇《ちゅうちょ》を見せたのは一瞬、黒田はすぐにプリントアウトを取って席に戻っていった。

それを見送る、この寂寥《せきりょう》感。

そのきびきびとした後ろ姿に未練は見えない。黒田が口にしかけた言葉を言ってくれる機会はもうないだろう。

ふわっと浮き上がっていた気持ちが一気にトーンダウンする。

もう望みなんてないのに、ますますのめり込んでどうするんだ。

（課長は、俺程度の人間なんて必要としてないんだから……）

やはり昨日、全身全霊で叱られたことが相当に堪えていた。それが百パーセント自分が悪いのだからどうしようもないわけで。

結局、黒田に誉められても、最後はしゅんとしぼんでしまう雨宮だった。


はぁぁぁぁぁ。

翌日の木曜日、雨宮はハローワークのパソコンの前で深いため息をついていた。

今日もいい仕事は見つからず、意気消沈しながらハローワークを出て、ああ夕食何作ろうと考え始めて嫌になる。

場所は日没前の商店街。その辺の店で外食でもしたいところだが、今の状況でそんな贅《ぜい》沢《たく》はできない。

実は昨日、家に帰ったら住民税の通知が来ていた。

雨宮の派遣会社では住民税が天引きされないため六月にどんと請求が来るのだが、それが一ヶ月分の家賃並みの額で、一括で払ったら貯金が底をつくという現実に直面していた。

今は何もかもに希望が持てない。いや本来ならもっと早く落ち込んでいたところを、黒田への想いに紛れて忘れていたと言った方が正しい。

ラブホでの黒田の痴態をすがるように思い出す。こんなことになるなら、せめてあの時童貞を奪っておけばよかっただろうか。いやつき合えないなら、あの真面目な黒田にそんなことをしなくてよかったと思うべきなのか。

（……あああ課長！　俺程度じゃ課長の女王様にはなれませんか⁉）

そう思ってまたつきんと胸が痛くなりかけた、その時。

「ずいぶん不景気な顔してるな」

後ろから飄々《ひょうひょう》とした声をかけられ、雨宮は思いっきり顔をしかめて背後の男を振り返った。

すらりと細身で、背は雨宮より十センチほど高い。今は光が当たると金色に見える茶髪にしていて、にこりと笑うと王子様のような甘いマスクになる。おまけに着ているシャツの胸元にはさりげなくシルバーネックレスが覗《のぞ》いていて、それで鎖骨に視線が集まり無意味にセクシー度を上げている。確か年は三十前のはずだが、出会った時からちっとも変わらない。

雨宮が以前勤めていた風俗店、アンダーパラダイスのオーナー兼店長である。

「……何してんだよ、こんなとこで」

「買い物」

もっともな返事とともにショップの袋を見せられ、う、と言葉に詰まる。アンダーパラダイスからこの商店街までそれほど離れてはいない。普通に生活圏である。

店長はちらっとハローワークを見やる。そこから雨宮が出てきたのを見ていたという顔だ。

「仕事、探してるんだ？」

「……まぁね」

雨宮は自分のワイシャツの胸元をつかみ、ばたばたと扇《あお》いだ。昨日梅雨《つゆ》入りした途端に蒸し暑くなり、背広は手に持っているし、ネクタイは会社を出た時から鞄の中だ。

風俗のスカウトなら受けないぞとばかりにじろりと睨《にら》むと、店長が微笑《ほほえ》ましいものでも見るようにくくっと笑う。……それがまたカンに障るのだ、この男は。

「どこかで一杯どう?」

「金ないし」

「こっちが誘ってるんだから、もちろんおごらせてもらうけど」

「行かない」

店長は笑って道の端にあるベンチに座った。悠然と足を組み、煙草をくわえて火をつける。雨宮が店長の話につき合うのを信じて疑わない行動だ。

このまま始まる世間話に相槌でも打ってしまえば、店長が煙草を吸い終わる頃には、「そういえばどこそこにうまい店があるらしいんだけど、行く?」とか言われて、雨宮もその頃には夕食を作るのが億劫《おっくう》になっていて、ずるずるとついていってしまうのだ。そんなルーズな未来が透けて見えるものの、結局無視するほどの理由も予定もなく、立ったままその場にとどまった。思えば、会うのは久しぶりだった。

「うち辞めて一年ちょっとか。金貯まった?」

「……」

貯まってない。今月分の給料は来月振り込まれるとしても、失業手当が終わる前に新しい仕事を始めないとアウトだ。

「辞める時に何か言ってなかったっけ？　カタギの世界で警察《サツ》のお世話にならずに生きたいとかなんとか」

「表の世界で自立したいって言ったんだよっ」

声のボリュームを上げて言い返したものの、それが維持できない状況なのだから威ばって言えたものじゃない。店長は肩をすくめ、ため息のように煙を吐いた。

「うちにいれば一年で数百万は稼げただろうに」

「……」

それを言われるとぐらつきそうになるが、それは辞める時にきっぱり決めたことだ。

「俺が風俗で稼いだのは借金返すため。それ以外ではやらないの。それに俺もう二十四だし、風俗で稼げるピークは過ぎてるだろ」

「お前は何年でもやっていけるよ、レイン」

耳の産毛を羽で触れられるような、懐かしい響き。

かつての源氏名を呼ばれて今でもわずかに動揺するのは、この男に呼ばれる時だけだ。

レインという名は、この男につけてもらった。その当時の優しくされた記憶がよみがえり——こめかみが思いっきりヒクついた。

「だとしても、あんたの店にはぜってー戻んない」

「嫌われたもんだなぁ。俺は今でもレインのことが好きなのに」

「何言ってんの。あんたが俺を振ったんだろ」

「あれは俺が振ったことになるのか？」

それ以外のなんだというのか。ギッと店長を睨みつける。

雨宮は入店してじきに店長と恋仲になった。ただそう思っていたのは雨宮だけで、数ヶ月後、店長が店の他のボーイたちにも手を出していることが発覚し、雨宮がブチ切れて破局を迎えた。要するに雨宮も手をつけたボーイの一人だったというわけだ。

恋人としては最悪の部類。ただ、恋人をやめたあとの関係は悪くはなかった。

当初、雨宮は大して売れなかった。顔の造形からかわいい系で売り出したものの特徴がなく、店に同系の売れっ子がいたせいもありリピーターがつかなかった。それで借金の返済が滞る事態に陥った時、雨宮の適性を見抜いて女王様への路線変更を提案してくれたのが店長だった。おかげで人気が出て、予想以上に早く借金を完済できたので今も店長には感謝している。ムカつくので言わないが。

「そのまま仕事探したって無駄だろ。もう一回うちに来いよ。それで金貯めて、資格取るなり専門学校通うなりしてスキルアップすればいい」

その諭すような言葉が、今しがたハローワークで厳しい現実に直面してきた雨宮には説得力を持って耳に入ってくる。長期で風俗に戻るつもりはないが、短期ならありかもしれないという考えが頭をよぎる。

「半年でもいい。戻ってこいよ。しっかり稼がせてやるから」

そんな店長のあと押しにつられそうになっていたのだが、ふとさっきから視界の隅にいた人影が近づいてくるのに気づいた。夕闇《ゆうやみ》に紛れる時間とはいえこの蒸し暑い中、ネクタイをして背広まではおって暑くないんだろうかとそちらを見て――。

そこにいたのは黒田だった。

(ふぉぉぉぉぉ!?)

危うく持っていた鞄を取り落としそうになる。

どうやらここは黒田の通勤路だったらしい。完全に不意打ちだった。

「雨宮、その人は」

黒田が隣に来て渋面を作り、低い声で聞いてくる。

どこから話を聞かれていたのかものすごく気になる。少なくとも、どっちが振ったとかいう話をしていた時にはすでにいた気がするので、目の前の男が元彼だとバレているわけで。

（な、なんか気まずい……っ）

その気まずい元凶の店長はというと、面白いものが始まったとばかりにムカつく余裕の笑みを浮かべて、「知り合い？　紹介してよ」と言ってきた。

「え、あっ、ああっと、こ、この人、俺の派遣先の上司の課長さんで、課長、この人は……俺が前勤めてた店の店長です」

気が動転して、紹介に当たって一番大事な名前が抜け落ちているのだが、二人ともそれには頓着しない。

「どうも。いつもこいつがお世話になっています」

店長が一応挨拶をするが、黒田は目の険しさを変えなかった。

「先ほどの話が耳に入ったのですが、雨宮にそんな勧誘をしてもらっては困ります」

驚いたのは隣にいた雨宮だ。黒田が真面目なのは十二分に知っているが、まさか初対面でいきなりそれとは。

店長も店長で、黒田の言葉を鼻で笑った。

「でもそいつ、おたくのとこ、クビになるんでしょ？」

「……」

「ああ失礼、貴方《あなた》を非難しているわけじゃないんです。こいつがクビになるのは会社の方針。中間管理職の貴方がどうこうできる問題じゃないですよね。ただ、クビにした会社の上司なら、選択肢を狭《せば》めるような横槍《よこやり》はどうかと」

黒田のこめかみに静かに血管が浮くのを、横で雨宮は呆然と見ていた。

「お言葉ですが、月末までは雨宮は私の部下です。トラブルに巻き込まれないよう管理監督する責務が私にはあります」

ばちばちと視線が空中でぶつかり、火花を散らしている。

（うわやば、店長、相性最悪……！）

元から真面目な人間を小馬鹿にするきらいがある店長だ。おそらく黒田を一目見て、こいつは気に入らないと瞬時に判断したに違いない。黒田の方だって真面目な人を馬鹿にする人間は嫌いだろう。

「ああもう店長っ、やめろって！　課長に失礼だろっ」

「……っ」

雨宮が割って入ったのを見て、黒田ははっとしていた。知り合いが二人来てトラブルになった場合、どちらをたしなめるかというと気心が知れた方だ。

店長は黒田をちらりと見て勝ち誇ったように笑い、ベンチの横にある灰皿に煙草を押しつけた。

「はいはい、スミマセンでした。言い過ぎました。で、これからどうする？　うまい店ができたらしいから行ってみようかと思っ……」

「話があるんだ雨宮。時間があれば食事につき合ってもらえないか」

……。

雨宮は店長の顔を見、黒田の顔を見た。

（ぇぇぇぇえええええ!?）

店長は予想通りだが、黒田はまったくの想定外だ。

いや、ないだろ。ない。

課長が自分を食事に誘う？　ありえない。絶対ありえない。だが——。

「行きます、課長」

——理解はできなくても、こんな機会、逃すはずがない。

そんな目がハートマーク状態の雨宮を見て、いろいろと察した店長は苦笑しながらベンチから立ち上がった。

「ま、会社の上司の誘いなら断れないか。じゃあ、またな」

無理強いはしない男だ。ひらひらと手を振って歓楽街の方へ去っていく。

それを見て、黒田は小さく息を吐いていた。

（あ、もしかして……食事に誘ってくれたのって、店長を遠ざけるためのフェイク？）

真面目な黒田から見れば、風俗店に誘い込もうとする店長は危険人物に見えたのだろう。だから雨宮を守ろうとして話があるなんて嘘を。

なんだと納得し、ずーんとへこんだ。黒田が食事に誘ってくれるはずなんてやっぱりないのだ。雨宮はがっかりしながらも、その気持ちだけでも感謝しようと笑顔を作った。

「あの、ありがとうございます」

「いや。それより君はあの男につきまとわれていたりはしないか？」

「いえ、そんなことは全然ないです。大丈夫です」

それならいいんだが、と黒田は店長と対峙《たいじ》していた時とは違ってほっと表情を緩ませた。

「じゃあ、行こうか」

え？

黒田はきびすを返し、元来た道を戻り始める。雨宮もそれについていくものの。

（……どこに？）

わからずに連れていかれる雨宮だった。

案内されたのは二階の窓際のテーブル席。

商店街の街灯の光を映す窓を背景に、背広を脱いだ黒田が向かいに座っている。周りから聞こえるのは、客の話し声とジュウジュウと焼ける肉の音。

雨宮は今、黒田と焼肉店にいた。

（ええとこれは……あれかな。店長を追い払うためとはいえ食事に誘ってしまった手前、真面目な課長としてはどこかに連れていかざるを得なかったっていう……？）

「何にする？」

黒田がメニューを取り、一つを雨宮に渡してくれる。とりあえず開いて見るものの、どれぐらいの価格帯を頼んでいいものか見当がつかない。

（俺、どういう立場で連れてこられたの？　同じ課の派遣だから？　問題児だから？　セクハラの加害者だから？）

それによって頼んでいいメニューは違ってくるし、もし割り勘だったりしたら財布の中のお金で足りるのかという問題も発生する。

（財布の中、三千円あったっけ……？）

こんな日に限って、四回に分けて支払う住民税の一回分を昼休みに支払ったばかりだった。

財布に残った千円札が果たして三枚だったか二枚だったか、その死活問題がどうしても思い出せない。

「私が適当に注文していいか？」

「あ、じゃあ……お任せします」

そう言うからにはおごってくれるのだろう。多分。

飲み物だけ聞かれ、無難にウーロン茶にしますと答えてメニューを閉じると、黒田は店員を呼んだ。

「ウーロン茶二つと、デラックスコース二人前」

「はい、ウーロン茶二つとデラックスコースが二人前ですね。かしこまりました」

店員が淡々と復唱するのを、雨宮は目を丸くして聞いていた。

セットメニューはいくつかあったが、一番高いコースだった。

（ええっと……ええっと……あの、課長……？）

黒田は特別なことをしたという認識もなさそうに、水が入ったグラスを傾けている。

いや、あの、あのですね、課長。真面目な課長はそんなつもりはまったくないと思うんですけど。

——かつてレイン女王様に入れ込んでいた客と、やっていることが同じなのだ。

何度か店に来て、リピーターになって、次に客がねだるのは店外デートだ。

ボーイを飲食店に連れていっておいしいものを食べさせて、恋人気分を味わいながらラブホに向かうというパターンだ。

雨宮の場合はこんな感じだった。

ふん、お前が選んだ店にしては悪くないな。

レイン様に喜んでいただけるなんて、光栄です。

あ？　何おっ勃ててんだ？　この豚男が。

向かいに座る男の股間《こかん》をぐりぐりと靴でえぐってやると、ああっおやめくださいこんなところでと、口では拒みながらも顔には隠しきれない喜悦が浮かんでいる。

こんなところ？　こんなところではしたなく盛っているのはお前の方だろ。なんだここは。こんなところで硬くしていいと誰が許可した？

ああっ、申し訳ありません、お許しくださいレイン様。

許しを乞《こ》う奴隷に対し、冷たく、侮蔑《ぶべつ》の笑みを浮かべてみせる。

ふん、できの悪い奴隷だ。お前にはあとでたっぷりとお仕置きが必要だな。

——とまあこんなふうにやっていたわけだが。

（……違う、んだよな……？）

それを期待してくれるならもう喜んでお相手するのだが、黒田の目は女王様に虐めていただけると身悶えする奴隷のまなざしではまったくなく、思いっきりいつもの課長である。

「それで、話なんだが」

「え、あっ、はいッ」

思わず厳格な先生に不意打ちで当てられた時のような声が出てしまう。

「……」

黒田はなぜか不服そうな顔をしていた。そんなに私は堅苦しい相手か、と言いたげにも見える。

（え、って、あれ？　これって、あの、もしかして、ほんとにデー……）

「答えたくなければいいが、そもそもなぜ君は風俗店で働くことになったんだ？」

警察の事情聴取のような質問が来た。

（……ートのわけないよなぁ）

魂がふにょふにょと耳から出ていきそうなほど脱力する。

関心を持ってもらえるのは嬉しいが、限りなく仕事の延長に近い。だよなぁと再度がっかりしながらも素直に答えた。

「借金があったので」

「借金？」

途端に何をしたんだという目で見られる、信頼性ゼロの雨宮。

「あのっ、ギャンブルとかじゃなくて、親の借金です。親が自営業してて、二人とも事故で一緒に死んじゃって」

「……そうなのか？」

黒田は目を瞠《みは》っていた。

「いつだ」

「俺が大学二年の時なんで、四年前です」

若いな、と黒田は苦い顔でつぶやいた。再びグラスをつかんで中身をあおる。テーブルに置いたグラスの中でカラン、と氷が音を立てた。

「相続放棄するという手はなかったのか？」

普通ならそうするのかもしれないが、雨宮はそれを選ばなかった。

「親戚《しんせき》の人が親の連帯保証人になってくれていたんです。もし俺が相続放棄したらその人が全額返さないといけなくなるんですけど、それは多分、親も望んでないだろうなって。

俺が借金を引き受けたのは、親へのせめてもの手向けです」

黒田は眉を寄せ、表情を暗く沈ませた。

「そうか……君は大変な思いをしてきたんだな」

「いやあの別に、もう済んだことですし、返済は終わってますからっ」

その時、肉が運ばれてきた。

さすがはデラックスと名がつくだけあって、肉は十種類以上、野菜類やキムチも次々に運ばれてきてテーブルは大皿でいっぱいになる。あとでデザートもつくらしく、豪勢なコースである。

ほんとにこんなのおごってもらっていいんだろうかと思いながら、テーブルの真ん中にある網に肉を並べて焼き始める。黒田はさっきの雨宮の話の余波か黙ったままだ。

こういう時、一枚目の肉が焼けるまでが長いのだ。

課長と食事なんて幸運、死ぬまでにもう一回あるかどうかわからない。暗く終わってなるものかと雨宮は話題転換を試みた。

「あ、あの、課長の両親は？　ご健在なんですか？」

ご健在、とか慣れない言葉になってしまっているが、黒田は気にとめずに返事をした。

「父親のことは知らないいな。私が子供の時に離婚して、私は母に引き取られて父とは連絡を取っていない。母は一年前に死んだ」

「……」

無難な質問だと思ったのに、これまたすごいのが返ってきた。

「じゃ、じゃあ、課長、一人なんですね。俺と同じだ」

「……そうだな」

なんとか明るい方に持っていこうと、雨宮は話題を転がしていく。

「ずっと、お母さんと二人で暮らしてたんですか」

「ああ」

「じゃあ、課長、料理とかできるんですか」

「大したことない。母は私に家事をさせたがらない人だった。片親だからと子供に負担をかけまいとしていたな、ずっと」

「立派な人だったんですね」

「そうだな……」

黒田は少し寂しそうに言った。

まだ亡くなって一年なので、あまり思い出させることは言わない方がいいのかもしれない。

（って、何話そう……？）

共通の話といえば仕事のことだが、すぐには思いつかない。話題に悩みながらそろそろ焼けたかなと最初に入れたタンを箸でつまむと、「雨宮」と鋭く呼ばれた。

「は、はいっ」

黒田は真顔で言った。

「その肉はまだ焼けていない」

一瞬、噴き出しそうになった。

顔の真剣さと言っている内容が合っていない。シュールだ。

「いや、そろそろいいんじゃないですか？」

「いいや。タンは内臓肉だ。しっかり焼いた方がいい。梅雨時だから食中毒の心配もあるしな」

一度はこらえたのだが、その肉一枚に至るまで真面目な姿勢がおかしすぎる。

その有《あ》り様《よう》が普段は立派すぎて畏《おそ》れ多いぐらいの黒田だが、こういう人なんだなぁと初めて親近感が湧き、思わず笑ってしまった。

「課長って、ほんとに真面目なんですね」

――すると、途端に黒田の表情が沈んだ。

黙り込み、持っていた箸を置く。明らかに不貞腐《ふてくさ》れていた。

嘘、まずった……？

つーっと冷や汗が背中を伝う。

大多数の男にとって、真面目と言われるのは、つまらないと言われるのと同義である。だから客相手には言わないようにしていたのに、なぜ今に限ってそんなＮＧワードが口からすべり出てしまったのか。

（いやっ、ていうか、課長なら全日本でランキングしても十位以内に入りそうなぐらい真面目なのに、それでも真面目って言われて気にするもんなの……？）

むしろそっちの方に驚いていると、黒田はふっと自嘲《じちょう》の表情を浮かべた。開き直るように、何かを諦めるように。

「すまないな。私はこの通りつまらない男だ」

予想以上にマイナスにとらえた反応にぎょっとする。

「いや、あの」

「だから君の遊びにつき合うこともできない。私は自分の行動に責任を取る。それが第一だ」

遊び。

その言葉に、ずきっときた。

課長から見れば、そう見えるんだ。

言われてみればその通りかもしれない。というか最初はそうだった。でも今は……。

(って、あれ？　俺、もしかして、「月末までいい」って言ったままじゃ……？)

重大なことに気づき、はぅぅ!?　と雷に打たれたようにショックを受けた。

そうだ。会社で黒田を脅した時、月末までつき合ってくれれば秘密にすると言ったきりだ。これでは一時の遊び相手のつもりだと思われても仕方がない。

しかも、さっき元彼と話しているのを見られていて、さらにこれで元風俗のボーイとなれば尻軽《しりがる》以外の何者でもない。

(俺のイメージって最悪じゃん!?)

しかし今さら「期間限定じゃなくずっとつき合いたいと思っていました」と言ったら、余計セクハラになるだけだ。

ぎぃやあああああと内心のた打ち回っていると、黒田が「焼けたぞ」とさっきのタンを箸で示す。ひっそり半べそになりながら、雨宮はそのタンを口に頬ばった。

それから肉は順調に焼け、お互い黙々と肉に専念して、一段落した頃だ。

食べて暑くなったのか、黒田が襟元に手をやってネクタイを緩めた。その動作に邪《よこしま》な妄想を膨らませていると、「もう一つ聞きたいことがあるんだが」と黒田は少し聞きにくそうに声を潜めた。

「君がいた店なんだが、その、合法的な店だったのか」

「え、あ、はい。それは」

「じゃあ体を売っていたというわけじゃないんだな」

黒田はほっとしたようにウーロン茶を飲んでいるが、雨宮は「ん？」と首を傾《かし》げた。

一般の人がイメージする、合法と体を売ること、つまり売春との相関関係を思い浮かべ……。

「ええとあの、課長、あのですね、一つ質問なんですけど、男同士だとどこに入れるか、知ってます？」

ごふっと黒田は思いっきり咳《せ》き込んだ。液体を噴きそうになって手で口を押さえている。

「そっ……それぐらいは……ごほっ……知って……ッ」

「す、すみません、そうですよね。ええと俺が言いたいのは、アナルセックスって、風営法的には性交じゃないってことです」

「…………何？」

「だってアナルは性器じゃないんで、そこに何を入れても売春じゃないんですよ。ほら、普通のAVとかでもお尻の穴はモザイクなしのあるじゃないですか。って見ないですかね」

「………」

口を押さえたまま、黒田は固まっていた。

(そ、そんなにショックだったかな……?)

本番なしで客を達かせるファッションヘルスのようなものを想像していたのだろうか。そう思っていたならそのままにしといた方がよかったのではと気づくが、もう遅い。

口から手を離した黒田の顔色はかなり優れなかった。気になっていた道端の子猫にやっと餌《えさ》をやれたと思ったら、ふさふさした毛の合間に痛ましい古傷を発見したかのような顔だ。

「……ということは、ゲイ向けの風俗店は全部危険ということじゃないか」

「え? あ、あの、ゴムは絶対つけてますっ。俺、お客さんとゴムなしでやったことないですっ、だから病気は持ってないです。辞めたあとに病院で確かめたんで間違いないです、信じてくださいっ」

「いやそうじゃない、そういうことじゃっ」

話がより具体的になって黒田はさらに青くなっているのだが、雨宮は安全性を主張しようと必死で続けた。

「それに俺、一応バックウケOKにしてましたけど、女王様で売り出してからは基本挿入なしのプレイだったんで、そういう意味では体に負担の少ないいい職場」

「なわけがないだろッ!?」

こうして、真面目な黒田課長に全力でツッコミを入れられるという貴重な体験をした雨宮だった。


翌日。金曜日の昼休みのことだ。

雨宮は自分の席で弁当を食べながら、奥の席にいる黒田を密《ひそ》かにウォッチしていた。

考えているのは今後の方針だ。

昨日の一件で、雨宮は黒田に対する認識を軌道修正していた。

嫌われてはいない。むしろ手のかかる部下として目をかけられている。

最終的には女王様を目指す自分としてはそれに甘んじるつもりはないが、とにかく引く理由はない。今まで抑えようとしてきた闘志は、再び上限まで燃え上がっていた。

問題はどう攻めるかだ。

ウォッチ対象の黒田にちらっと目を向ける。昼休みが始まってもう二十分が経つにもかかわらずまだ仕事を続けている。昨日もそうだったし、最近はずっとそうだ。

大変そうだなと思いながら、黒田の隣の席に視線を移した。

片付いていて、何も作業がされていない机。先月末から主任が一人、怪我《けが》で入院しているのだ。

一ヶ月ぐらいで復帰できるそうだが、実は黒田がその主任の仕事の大半を引き受けていて、なおかつ並行して課長の業務もこなしており、今、課で一番忙しいのは課長という状態だった。その上、今日の午前中なんかは二つの電話会議に同時に参加していて、八木橋と二人ですごすぎると見守ったばかりだ。

このように黒田は忙しすぎる。雨宮がアプローチしようにも、仕事中はもちろん、昼休みでさえ話しかけるチャンスがなかなか見つからないほどだ。

(残業でもするか……?)

玉子焼きをもしゃもしゃと食べながら思案する。

黒田は毎日のように夜遅くまで残業をしている。それにつき合えば、社内に人が少なくなるので席にいても話しかけやすい雰囲気になるし、一緒に帰ることも不可能ではない。

あまり頻繁には使えない手だが、今日辺り仕かけてみるか。

そう決めたところで、仕事が一段落したのか黒田に動きがあった。がさがさとコンビニの袋を鞄から取り出して机に置く。出てきたのはハムと玉子のサンドイッチ一パック。いつも同じ商品で三切れ入り。身長百八十の男があれで足りるんだろうかといつも思う。

黒田はパックを開けようとしたが、その時だ。

「お疲れ様ー」

小鳥がさえずるような声とともに、一人の女性が雨宮の横を通り過ぎ、黒田の席に向かっていった。

天使の輪が見えるさらさらの髪。ほのかなピンク色に染まった小さな唇。スレンダーでありながらやせぎすでなく、奇跡のように胸だけ豊かな衝撃の愛されボディを実現。きらきらと星が輝くような綺麗な笑顔はまるでテレビに出てくる女優のようだ。

雨宮も一度だけ遠目に見たことがあったが、間違いない。あれが専務の娘、つまり黒田の婚約者の若月綾香《わかつきあやか》だ。

年齢は雨宮と同じ二十四歳。黒田同様、四月に東京本社から異動してきた人で、この支社に配属されると同時に「すごい美人が来た」とメールの類《たぐい》が飛び交い、当日中にフロアが違ううちの部でも話題になった。その時に黒田と婚約しているという話が広まったわけで、要するに注目を集めたのは専務の娘であって、黒田の方がおまけなのだ。

「――でね、お父さんがそろそろ……」

彼女がその場にいるだけで空間が華やぐので、周りの社員たちは自然と目を向けている。ここまでパーフェクトだと雨宮も嫉妬《しっと》する余地もなく、綺麗な人だなぁと圧倒されるばかりだ。

そして――黒田はついでのように好奇の目にさらされ、居心地悪そうにしていた。

「ちょっと、出よう」

黒田は席を立ち、綾香を伴って事務室から出ていく。途中で岩村とすれ違い、ヒューッと口笛を吹かれていた。

見にいきたいが、さすがにそこまでしたらストーカーだ。我慢我慢と思っていたが、それから十分も経たないうちに黒田は一人で席に戻ってきた。

デートの約束でもしたのだろうか。それにしては浮かない顔だ。

眉間にしわを寄せ、難しそうな顔でコーヒーを喉《のど》に流し込む。本当に『流し込む』という感じで、味わうという発想はなさそうだ。黒田はマグカップを置いたあと、まだ開けていないサンドイッチに目をやった。食べるのかと思ったらそれをコンビニの袋に戻し、机の下の鞄に放り込んだ。

同じ課なので、四月に来てから課長が時々昼食を取っていないのは知っていた。その食欲不振の原因は婚約者だったのだと初めて気づいた。

思えば黒田はあの夜、インポを治すために風俗店へ行ったのだ。真面目が服を着て歩いているようなあの黒田がである。よほど……というかこれはもう、最大級に追い詰められての決死の行動だったに違いない。

傍《はた》から見れば、若きエリート課長と専務の娘のゴールデンカップル。しかも美男美女とくれば、誰もが賞賛したくなるようなお似合いの二人だ。

だけど、雨宮は黒田の秘密を知っている。

マゾでインポ。

いくら二枚目でエリートでも、勃たない男など女性には興ざめだ。黒田が婚約者に振られるのは時間の問題だろう。それで周りに「あいつ、専務の娘に振られたんだって」と陰で言われたりするのだ。

（課長かわいそう……。マゾに生まれてきたのは課長のせいじゃないのに……！）

ぎゅっと拳を握り締め、そんな義憤を一人胸に抱く雨宮だった。

その夜、雨宮は当初の予定通り、黒田に合わせて残業を実行していた。

「んじゃ、お先っ」

隣の課の岩村が帰る間際に声をかけてくる。雨宮はお疲れ様と返して、ふと壁の時計を見た。

もう午後九時を回っている。

この時間になると事務室内の人間もまばらになる。雨宮が所属する課の人数は八人だが、残っているのは黒田と雨宮だけだった。

（課長、こんな時間まで毎日残業してるんだ……）

雨宮も残業はするが、こんな時間まですることは滅多にない。黒田の大まかな残業時間は知っていたが、体感すると改めてしんどさがわかった。

ちらっと黒田の方を見ると、ちょうどコーヒーを飲もうとしているところでマグカップの中を覗いていた。もうなくなっていたのだろう。黒田は鞄の中から財布を取って立ち上がった。

自販機だ。

給湯室で作られているコーヒーは、アイスは冷蔵庫にあるが、ホットは定時前に片付けられるので、定時後にホットを飲みたければ自販機に行くしかない。自販機は休憩室にある。

二人きりになる、絶好のチャンスだ。

ようし、と雨宮は気合を入れ、ちょっとした仕入れもして、黒田を追って休憩室に向かった。

廊下の一番奥のすりガラスのドア。そこを開けると休憩室兼喫煙室になっている。壁際に自販機が二つ並び、真ん中にテーブル型の吸煙機が設《しつら》えてある。その上に缶コーヒーが置いてあり、周りにある椅子に黒田が腰かけていた。二人きりだ。

黒田はテーブルに肘《ひじ》をつき、目頭をもんでいた。その状態で目を上げる。

「君か」

「お疲れ様です」

ああお疲れ、といつになく気負いのない口調が返ってくる。

「昨日はごちそうさまでした」

「ああ、いいんだ。夕食を誰かと食べるなんて久しぶりで楽しかった」

焼肉店でアナルは合法という話をしてからは、黒田はずっと「君は自分の体をもっと大切にすべきだ」ということを言い続けていた。それが楽しかったというのは多分社交辞令だろう。あれは本当に失敗だった。

そんなことを思い出しながらも、ここに来た自然な理由を取り繕うために自販機でコーヒーを買い、黒田の隣の椅子に座った。真横だと距離的に少し近すぎるぐらいなのだが、黒田がそれを気にする様子はない。

やったと内心喜びながら雨宮はさりげなく、持ってきた栄養補助食品を二本、黒田の目の前に差し出した。

「お一つどうですか?」

先月会社から大量に配られた、賞味期限が迫った防災用の非常食。一人が数本ずつ取ってもあまるほどで、まだ課の隅に置かれた箱に残っていた。

「それか」

「これはもういいって?」

「いや、もらおうか」

雨宮の手から一本抜き取る。黒田は小さく笑っていた。

(うわぁ……っ)

黒田の目元がふっと力が抜けたように緩んでいる。

は、初めて、初めて笑ってくれました……!!

雨宮は頭の中で会心のガッツポーズを決めていた。

黒田の笑顔は口溶けチョコレートみたいにすぐ消えてしまったけど、笑みの余韻は残っていて、その横顔に見惚れてしまう。

今までのエロ一直線の衝動とは違う、黒田を好きだという気持ちがじわじわとあふれてくる。

課長だってこんなふうに笑えたのだと、その発見が嬉しくてたまらない。

二人で並んで座って、細長いスティック状の補助食をかじる。会話は途切れて黙々と食べるだけだったが、それでも。

ラブホに連れ込んだ時よりずっと、どきどきした。

「これが夕食になりそうだな」

先に食べ終えた黒田が銀色のパッケージを丸めながらそんなことを言う。

これが夕食。

思わず持っているパッケージの裏を見た。百三十七キロカロリー。ダイエットをしている人でも少なすぎる。

「あの、課長、大丈夫です？　昼も食べてなかったですよね」

「ああ……」

気づいていたのか、と少しばつが悪そうな顔をされた。

「まあ大丈夫だ。いつもは食べてる。昼食べないのは週に一、二回だ」

それでも働き盛りの男が昼食を抜くのはよっぽどだ。

最後の欠片《かけら》を口に入れながら黒田を見上げる。昨日は気づかなかったが、間近で見ると四月よりやせている気がする。連日の残業で睡眠時間が不足ぎみなのか、目の下にうっすらとくまもできていた。そんな疲れた課長もセクシーだと思ったけど、それ以上に胸がきゅっと痛んだ。

「若月さん、初めて近くで見たんですけど、ほんとに美人ですね」

「……ああ、本当にな。年も離れているしな」

その沈んだ受け答えで、美人だということも若いということも黒田にとってはマイナスでしかないとわかる。あまりに市場価値が高すぎる女性だと、自信のない男にとっては引け目に感じる結果になる。

「あの、月曜に風俗店に行ったのって、若月さんのためですよね」

「いや、自分が不甲斐《ふがい》ないからだ。取り繕おうとした。……無駄だったがな」

手の中のパッケージをもてあそびながら、黒田は自嘲ぎみに続けた。

「自分でする分には問題ないんだ。つまり機能的なことじゃない。結婚したいと考えている女性といてそういう状態にならないということは、要するに一人の男として自信がないからだろう。そんな人間に、そもそも結婚する資格なんてなかったのかもしれない」

「……」

小難しい理屈に雨宮は目をぱちくりさせた。なんだか頭で考えすぎて結論が本質からそれている感じだ。

黒田が使い物にならないのは自信がないからではなく、マゾだからだ。そのことに本人はまだ気づいていないらしい。ここまでくると、単に雨宮がマゾ奴隷にしたいからというだけでなく、それを自覚した方が黒田のためという気がしてきた。

どう言えば伝わるのだろう。視線を膝《ひざ》に落としながら必死に考える。

「あの、もっと直感的にというか、自分の気持ちを大事にした方がいいと思うんですけど。課長、真面目すぎるんですよ」

「……また言ったな」

「だって課長が結婚するのって、なんか、幸せになるためじゃないみたいで」

黒田の手の動きが止まる。うつむいていた雨宮は気づかなかったが、黒田ははっと目を瞠っていた。

雨宮はまだ考えていた。この婚約はいずれ破綻《はたん》し、黒田は傷つく。しかもあんな美人に

「ねぇ、勃たないの？」なんて言われた日には一生消えない傷が残りそうだ。

　こんな真面目で遊びも知らなそうな人が、立ち直れるのだろうか。

　そう思って顔を上げ、黒田が変な顔をしていることに気づいた。強《し》いて言えばショックを受けた顔、だろうか。

（え？　何？　……もしかして、俺がまた真面目って言ったから？）

　確かにＮＧワードだが、同じ相手に言われて二度もショックを受けるものだろうか。それとも雨宮にだけは言われたくないと思っているとか。

（……ん？）

　その時、何か引っかかりを覚えた。

　雨宮の洞察力が、こんな時だけ深く、鋭く、無駄にフル回転する。

　男は真面目だと言われるとへこむ。それは大多数の男の首肯が得られるところだろう。

　だが、そもそもそれは、女性に言われた場合だ。

　同性である男に言われたって、それほど落ち込む理由にはならない。普通は。

　どっくんどっくんと心臓が平常の動きに腹筋運動でも加えたように大きく脈打つ。まるでミステリーの主人公になって決定的な証拠をつかんだみたいだ。

　真面目で、謹厳で、取り付く島などなさそうに見えていた課長。そんな課長が、たった一つだけミスを犯した。

　真面目と言われて落ち込むというのはつまり、相手を性的な対象として見ている証拠――。

「……そう、だな。そうかもしれない」

　タイミングのいい頷きに、ですよね!?　と雨宮の興奮ゲージは一気にぎゅいんと振り切れた。脳内が回転しすぎているため、黒田の頷きが何に対する返事なのかもわかっていない。

「俺が思うに、課長に普通の結婚は無理ですよ」

　にわかに畳みかけるように強気に出ると、黒田は多少面食《めんく》らっていた。

「ずいぶん、はっきり言うな君は。だが、そうだな。私は男として……いや人間として何か欠けているのかもしれない」

「違います。課長はそのままで、マゾのままでいいんです」

「……ちょっと待て、なんの話をしているんだ君は？」

「課長はやっぱり、俺のものになるべきですよ」

　使うとしたら今しかない。

　こんなこともあろうかとポケットに忍ばせてきた携帯を警察手帳のように取り出し、画像を表示させて黒田に見せつけた。

「店から出てきた時の写真です」

ピンクのネオンがついたいかにもな店をバックに、風俗嬢と話をしている黒田の写真。それを見て、黒田は小さく息を呑んだ。いける。

雨宮は携帯を置くや否や、黒田の股間に手を伸ばし、ベルトをつかんだ。

「十分だけ、好きにさせてくれたらこの写真は消します」

「おいっ」

「十分ですから」

ベルトのバックルを外してファスナーを下げる。緩んだ空間に片手を突っ込んでしまえばもう思うがままだ。案の定、黒田はすぐに反応した。

「ちょっ、ちょっと待てッ」

そう言われて待つわけがない。すかさず下着の中に移動させた手をいやらしく蠢《うごめ》かせながら、もう一方の手でワイシャツ越しに黒田の乳首をなぞった。

当然ながら黒田は慌てた。だが大事なところを握られているので、椅子から立ち上がることもできない。

「待てっ、こんなのは駄目だっ、もう脅しには乗らないと……」

「脅してなんかいませんよ。これは誰にも見せません。俺の個人的なコレクションですけど、課長に見せようと思って撮った写真ですから、黙って十分見てくれたら消すって言ってるだけです」

「……ッ」

そんな論法で一瞬怯《ひる》ませた隙を逃さず、雨宮はつかんだものをこすり上げる。黒田は悩ましく眉を寄せた。

「ちょ……待て、ひ、人が来たら……っ」

「事務室には煙草吸う人残っていませんから。自販機でよく買う人もいません。確認済みです」

「いや、そもそもそういう問題じゃ……ッ」

「大きな声は駄目ですよ。——あと九分です」

ぬちゅ、と淫靡な音が響く。黒田の先走りがあふれ出し、茎を伝って雨宮の手を濡《ぬ》らしていた。

インポと言いながら、早くもこの硬さ。

婚約者にも風俗嬢にも反応しないのに、自分にだけはと思うと愛おしさが込み上げた。

「……ッ……ッ」

ワイシャツ越しになぞっていた乳首も、アンダーシャツがあるにもかかわらず、もう外から輪郭が見えるほどに硬く形を成している。

「課長のここ、やらしい」

調子に乗って親指と人差し指でつまんでくりくりと虐めていると、手首をつかまれて止められた。ギッと睨まれる。

「好きにさせてくれるって言ったじゃないですか」

「言ってないっ」

黒田の手を振り解《ほど》こうとするが、がっちりつかまれていて放してくれない。これは困った。片手では攻撃力が半減だ。

黒田はこらえるような、苦しげな目で懇願してきた。

「頼むから……やめてくれ、こんなこと。本当に無理だ」

「……わかりました」

不承不承というように雨宮が返事をすると、ほっとしたのだろう、黒田の手から力が抜けた。その瞬間を逃さず手を振り払い、雨宮は黒田のものをつかんだ手はそのままに椅子から下り、黒田の両足の間に陣取った。

「……ッ!?」

横からの攻撃は防げても、下からの攻撃は防げまい。乳首を諦めるのは残念だが片手を封じられるよりはましだと、空いた手でズボンと下着をずり下げた。尻の途中ぐらいまでしか下がらなかったが構わず、今度は袋をもてあそぶことにした。

あまりのことに黒田はすっかり動転していた。

「き、き、君はッ、わかりましたって……っ」

「ええ、わかりましたよ。課長がすっごく興奮してて、やめてほしくないって思ってること」

「そ、そんなことは……ッ！」

とにかくやめさせようと雨宮の頭をつかんでくるので、ちょっときつめに袋を握り込むと、黒田はびくっと椅子の上で体を跳ねさせた。

「……ッ」

抵抗すれば、痛い目に遭う。

言外にそう示すと、黒田は屈辱に震えながらも、雨宮の頭をつかんでいた手の動きを止めた。

いたずらに痛みを与えるつもりはないが、人によってはそんな脅しさえいいスパイスになる。その証拠に、黒田はちっとも萎《な》えていない。むしろより硬くなったそれに雨宮は顔を近づけた。

「舐めてほしいです？」

「何を……馬鹿な……ッ」

そんな強がりを言っても駄目だ。その声からして、もうすっかり情欲に溺《おぼ》れているのに。

雨宮はお望み通り、それに舌を這わせてやった。

「……あッ……」

悦ぶようにそれがぴくんと反応し、黒田の顔が羞恥に苛《さいな》まれる。

さっきより視覚的な効果もあるだろう。

足を閉じられなくされ、自分の課の派遣社員に股間を舐められているのだから。

「……ッ……ッ……！」

黒田は片手で口を覆い、声を必死に押し殺している。

もう片方の手は雨宮の頭に置かれたままで、その手に無意識に力がこもるのが黒田も望んでいるように思えて嬉しくなる。雨宮が舌をちろちろと動かすと、黒田はそこから透明な涙をこぼし、血管を浮き上がらせる。もっともっととねだるように。

その光景に黒田はさらに追い込まれ、感じてしまっている。目を閉じる自由はあるのにそれには気づかず、自身の痴態を目に映り込ませて全身で恥じる黒田にぞくぞくきた。

「なっ……なぜ、こんなことを……する……ッ」

「なぜって、わからないですか？」

いったん舌を離して聞き返すと、黒田の顔がくしゃりと歪んだ。

「……わ、私をからかっているのか……？」

声が震えている。

本気で悲しそうな目をされ、どくんと心臓が跳ねる。雨宮は一気に燃え上がった。

「そんなわけないでしょう」

「じゃあなぜっ」

「課長に求められたいからです」

「……なっ……」

こんな辱めを受けるのは悪意からだと判断していた黒田には、思いも寄らない言葉だったのだろう。雨宮は跪《ひざまず》いたまま黒田を見上げた。

優秀で、周囲が羨《うらや》むエリートで、なのに誰にも言えない性的な不得手のせいで自分なんかと自身を貶《おとし》めている課長が、かわいそうで、いじらしくて、たまらない。

雨宮が視線を絡めると、黒田もその視線に縫いとめられるように雨宮から目をそらせない。

この時を逃しはしない。

誰も見つけられなかった課長を、今、俺が引きずり出してあげる。

「課長――ほんとは俺にめちゃくちゃにされたいんでしょう?」

「……ッ!!」

かぁぁぁっと黒田の顔が赤く染まっていく。それが答えのようなものだった。

雨宮はもう手加減せず、ぎちぎちのそれを握ってしごき上げた。

「あ……うぅッ」

黒田はタガが外れたように我慢がきかなくなり、急激に硬さを増した。

しごきのリズムを速めるとびくびくとそれは脈打ち、透明な中に濁った蜜《みつ》が混じり始める。黒田は身をよじって悶え、きっちり締められたままのネクタイが大きく揺れた。

「よせっ……出る……ッ」

切羽詰まった声。荒くなる息。額からにじんできた汗のせいで、黒田のきちんとセットされた前髪まで乱れてくる。そして大事な部分を他人にいいようにされ、恥辱に涙を浮かべている。

そのあられもない姿に、ぞくっとくる。興奮で肌が粟立《あわだ》つ。

いつもクールな課長のこんな姿を見られるのは、自分だけ。――そう、自分だけだ。

「課長、かわいい」

「かわ……ッ……き、君には何が見えているんだ……!?」

「課長しか見えてません」

もうめろめろだった。今こそ自分の本当の想いを伝えたい。

「課長、好きです。月末までじゃなくて、ずっと俺のものになってください」

「――ッ!?」

黒田は目を剝いていたが、雨宮は教会で誓いを立てるような敬虔《けいけん》な気持ちになっていた。

「な、な、な、何をっ」

「約束します。俺が世界中の女性の代わりに、必ず貴方を手籠《てご》めにします」

「何を言ってるんだッ!?」

黒田のもっともなツッコミも耳には入らず、雨宮はうっとりと黒田にしゃぶりついた。

「おいッ」

もうぎりぎりまできている黒田の昂《たかぶ》りは、温かい口内に包まれただけでぶるりと震えるほどだった。二、三度しゃぶっただけで達ってしまうだろう。最後の瞬間を味わうために舌を絡めようとした時、再びがしっと頭をつかまれた。

「待て、やめろ、口は駄目だッ！」

今までとは違う瞬発力と切迫具合で、力ずくで頭を引き剝がされる。

何が起こったのかと思った。

自分が歯でも立ててしまったかと思ったが、手に握っている黒田の状態は変わらない。

というか今にも爆《は》ぜそうだ。

（え、もしかして口で受けるなってこと？）

今さらそんな遠慮をされるとは思わなかったし、そう理解した時には遅かった。頭を後ろに持っていかれた反動で黒田を強く握ってしまい、それで限界だったそこは今までの我慢を噴水のように吐き出した。

「……」

液体が体の外に出るとどうなるか。もちろん何かが濡れる。

その犠牲になった黒田の下着はすごいことになっていた。白く濁ったものでぐちゅぐちゅになり、量が多かったせいもあってまるでおもらしのようだ。

その惨状は想定外だったのだけれど、涙目でどうしてくれるんだという顔をする黒田が、それはもうかわいくて。

「……」

「……」

そんな邪心が、無意識にきらきら輝く雨宮の目から伝わってしまったのか、黒田は下着とズボンを引き上げ、速攻で休憩室を出ていった。バタンッとトイレのドアが閉まる音が静かな廊下に響き渡る。

それから数十分、黒田が入ったトイレは天の岩戸のように開かなかった。

雨宮はそのドアの前でうろうろしていたが、長い沈黙のあと、せめてもの償いにとおずおずと切り出した。

「あの……俺のパンツと交換します？」

「しない!!」

ドアを突き破らんばかりの、魂の叫びが返ってきた。

翌週の月曜日だ。

黒田芳範はいつものように始業三十分前から席に着き、今日のスケジュールを画面上に開いていた。

……開いていただけだった。

さっきから無意味にマウスを動かすだけで、意味のある作業は何もしていない。

喉が渇いているわけでもないのに、何度もコーヒーに手を伸ばす。朝、自分が給湯室で作った淹れ立てのコーヒーだが、味を感じることもなく喉を通過していく。

ラブホに連れ込まれた翌日よりも動揺していた。

(なんなんだ、アレは……)

雨宮の姿を思い浮かべると脈拍が不健康に上がる。今まで遭遇したこともない類の生き物だ。

一見では女性かと思うような愛らしさのある顔。くりくりとよく動く目は小動物を思わせる。実際、雨宮は小さかった。背丈は女性よりは高いのだろうが、上背のある黒田から見ればどんぐりの背比べだ。

何より、薄いのだ。

昨今の若い女性を見ていると、なぜあんなに細いんだ、内臓は入っているのかと思うのだが、胸がない分、雨宮の胴体はさらに薄かった。しかも首や腕はやたら細くて乱暴に触ったら折れるのではないかと思うほどだ。

そんなのが上を向いて課長課長とまとわりついてくるわけだが、それでいて中身がアレなのだ。

（なぜ、あんなことになる……!?）

どん、とマグカップを机に下ろす。先週の金曜のことを思い出すと信じられない。

必ず貴方を手籠めにしますって、なんだ。

何故《なにゆえ》に自分が、そんな悪代官の手にかかった小娘のように言われなければならないのか。

自分は会社の上司で、それなりに年上で、体格など彼の一人と半分はあるし、何より同じ男なのに。

黒田は机に両肘をつき、頭をがりがりとかきむしった。朝整えてきた髪が無残に乱れていく。

雨宮との間違った関係は、ラブホの翌日の話し合いでクローズしたはずだった。

だからこそ、もう一度やり直そうとした。自分が四月以降プライベートで手いっぱいだったために派遣社員の雨宮に目を配ってこなかったことを深く自省し、上司として関心を払い、せめて契約終了までの短い間であろうと、あるべき良好な関係を取り戻したいと思った。

なのに、再び過ちが起こってしまった。しかも今度は社内でだ。

（私の対応が何か間違っていたのか？　……焼肉か？　焼肉が悪かったのか？）

あの時は、失職間近の雨宮が浅からぬ関係のある風俗店の店長と食事をしようとしたので止めたのだ。そんな間違いしか起きないような状況を、人として見過ごすわけにはいかなかった。

しかし結果的に黒田が食事に誘ったことで、雨宮に気を持たせてしまったのだろう。自分に好意を寄せる相手にそんなことをすべきではなかった。

というか。

——課長、好きです。

その言葉を思い出し、いっそう表情を苦く歪める。以前関係を迫られたのは遊びだと思っていたから、こんな事態は想定もしていなかった。

マグカップに手をやり、中身が空だったので席を立つ。本日すでに三杯目となるコーヒーを給湯室で注ぎ、そこから出ようとしたその時だ。

件《くだん》の雨宮が、狙い澄ましたようなタイミングで入ってきた。

「おはようございます、課長」

「……ああ、おはよう」

今週からクールビズなので雨宮はネクタイをしておらず、そのせいか先週も見たはずのワイシャツの白さが妙に眩《まぶ》しい。

ただし、そんなさわやかな印象程度ではぬぐえないほど、どこかで見たことがある不穏な朝の始まりだ。このあとの展開がものすごく予想できる。

「今度の土日、お時間取れませんか？　もっとゆっくり課長と二人で過ごしたいんです」

予想を少しも裏切らないその言葉に、黒田のこめかみがひくりと動いた。

トイレにこもった金曜の夜、恥ずかしくて合わせる顔がなかったので雨宮には早く帰ってほしかったのに、コンビニでパンツを買ってこられて許しを乞われ、「わかったからもう帰れ」と言ったのを容認と解釈したのか、今、彼の顔には反省の色というものが微塵《みじん》もなかった。

その脳天気さがいっそ羨ましい。

黒田はというと、雨宮のせいで昨日おとついとアイデンティティーの危機に瀕《ひん》していた。社内で恥ずかしいところを暴かれ、辱められ、なのにどうしようもなく感じてしまった自分に愕然《がくぜん》とし、すっかり男として自信を喪失していた。マゾとはなんなのか、病気なのか、異常なのか、変態なのかとネットの情報を読み漁り、ようやくサドやマゾというのはパーセンテージが違うだけで誰もが持っている側面であるという結論を得て、なんとか持ち直した次第だ。もちろん異常でなくとも二度とあのような失態を演じる気はない。

「……」

黒田は自分を落ち着かせるように息を吐き、マグカップを流しに置いた。

今までも呑み込みの悪い部下はいた。そういう相手に黒田は時に厳しく叱り、何度も対話を重ねることで指導してきた。今回もそうすればいいだけだ。そのはずだ。

黒田は意識して顔の表情を引き締めた。

「雨宮、君はゲイじゃないと言っていたな」

「え、はい」

「それなら、つき合う相手は女性にすべきだ。君がゲイなら仕方ない、人を好きになるなとは言わない。だがそうでないなら、わざわざ男を選んで社会的に障害の多い道を歩む必要などない。君の将来のことだ。一時の感情に流されず、よく考えなさい」

これで年長者として言うべきことをしっかりと伝えたつもりだったが、だがしかし、雨宮は大きな目をぱちくりとさせただけだった。

「いやあの、俺の将来のこととかは気にしなくていいんで、今は快楽の追求」

「よくない！」

即座に叱責すると、雨宮はびくぅっと震え上がっていた。こんなところで話をあらぬ方向に持っていかせてなるものか。

「大体君は、表の世界で自立したいと言っていただろう」

「え？　あ、はい、そうですけど……」

そんなの俺、課長に言いましたっけ？　という顔だ。覚えがないのは無理もない。雨宮があの店長に言っていたのを立ち聞きしたから知っているのだ。黒田はそこには触れずに続けた。

「それなら自分の信用を落とすような振る舞いは厳に慎むべきだ。男同士で好き合って、それでどうする？　結婚もできない、一緒に住むとしても人目を気にしながらだ。親……はいなくても親戚はいるんだろう。その人たちにどうやって説明する？　人に知られたくないことを抱えて生きていくんだ。他にも困難はいくらでもある。君はそういうことをちゃんと考えているのか？」

黒田はこれ以上ないほど大真面目に言っているのだが、雨宮は目をぱちぱちさせたあと、なぜかぱぁぁっと顔を輝かせた。

「課長、もうそんなに具体的に考えてくれてるんですか？」

「一般論だ！　成人した大人として当然考えることだッ！」

何故にこんなに噛み合わないのか頭痛がしそうだ。自分は目いっぱい諭そうとしているのに、それが信じられないほど明るくねじ曲がってしか伝わらない。雨宮はというと、にこにこ笑顔のままだ。

「課長、誰かと一緒になるなら、相手が誰であろうと多かれ少なかれごたごたは発生しますよ。男女のカップルでも毎年たくさん離婚してるじゃないですか」

「……それはそうだが、異性と結婚するより明らかに困難なはずだ。それを君はわかっているのか?」

雨宮は顎に手を当て、うーん? と首をひねった。

「困難……なんですかね? 俺のところに来てたお客さんはほぼゲイでしたけど、みんなそれなりに仕事もしてましたし、普通に生きてるみたいでしたけど」

「そう……なのか? ではその中に、男同士で一緒になってうまくいっている人たちもいたのか?」

「いえ。うまくいってないからこそ俺のとこみたいな店に来るんですよ」

雨宮ははははと笑って、笑うところじゃなかったと気づいて、きゅっと縮こまった。

沈黙が落ちた。

「……ええと、困難……? を自覚すればいいってことです?」

お伺いを立てるようにおずおずと聞いてくる雨宮に、ようやく我が意を得たりとばかりに黒田は大きく頷いた。

「そうだな。君は知識が偏っているから少し世間の常識を知った方がいい。まずはその手の書籍を三十冊ほど読み込んでみたらどうだ。それから性的マイノリティーの人たちの意見を聞く機会を得れば、また違った視点から物事を見られるようになる。それらを行って自分なりに現状の偏見や問題点を探り、理解して、その時点で相手が同性でもいいのかどうかをもう一度自身に問いかけてみて、結論が変わらないとなれば、話はそれからだな」

黒田はこの程度は当然とばかりに滔々《とうとう》と答えたのだが、雨宮は途中から口が半開きになり、話が終わった時にはまるで異星人を見るような目で黒田を見ていた。

「ええと、あの、そういうことなら俺、ゲイってことでいいです」

「いいわけがないだろ!?」

なぜここまで言っても大事なことがまったく共有できないのかと、頭を抱えたくなった黒田だった。


昼休みである。

チャイムが鳴り終わる前に、気の早い誰かが事務室の明かりを消した。いつものことだが急に夕方が来たように室内が暗くなる。

それでも黒田はディスプレイを凝視していた。これも日常になりつつある。

仕事は山積しているというのに、今日は午前中あまり仕事がはかどらなかった。あの雨宮のことをどうすべきか延々と考えてしまっていたからだ。これではいけないと思うのだが、どうしても仕事に集中できない。

「なー、昼休みやでー」

隣の課の岩村が、本人的には音もなく忍び寄ったつもりなのかもしれないが、何せ生きているだけで目立つ男なので、席を立った時からしっかり黒田の視界をざわつかせながら近づいてきた。

「いつまで仕事しよん。たまには食いにいこうで。いーっつも社内でじめじめしとったらカビるで」

今返信メールを書いている最中なのだ。邪魔するなと睨むと、うわ、とわざとらしく仰《の》け反《ぞ》られた。

「ほんま鬱陶《うっとう》しい顔やな。マジでカビ生えとんちゃうん」

黒田は目頭を指でもんだ。うるさくて仕事にならない。

仕方なく作業を中断し、画面にロックをかけた。鞄にいつものサンドイッチがあるのだが、まあいい。それは夜食にでも回すとしよう。

黒田は席から立ち上がり、ふと同じ目線にいる岩村の襟ぐりを一瞥《いちべつ》した。もちろんネクタイはしていない。

クールビズ施策中のネクタイの着用は任意なのでそれはいいのだが、ワイシャツのボタンが三つも開いている。暑いのだろうが少々だらしない。

「襟が開きすぎじゃないのか？」

「いやん、えっち」

「気色悪い声を出すな」

渋面を作ると、はいはいとその場でボタンを一つかけた。素直な男なのだ。

岩村と最初に出会ったのは、岩村が東京本社に出向してきた三年前のことだ。当時岩村は平社員、黒田は同じ課の主任だった。岩村はとにかく明るくて場を和ませるのがうまく、真面目一辺倒だった黒田から見れば学ぶべきところが多かった。今もそうだ。

「ちゅーか、そっちはこの暑いのにネクタイつけて外行くん？」

「いちいち外す方が面倒だろ」

「じゃあつけんかったらええやん」

「個人の自由だ」

本社にいた時に毎年のように繰り返してきた会話である。ネクタイをつけた方が気が引き締まるので黒田は一年中つけている。もちろん今日もだ。その事情を知っている岩村は理解できんとばかりに肩をすくめた。

「そんな首絞まるんの何がええんや。黒田はマゾやな」

「……なんだと？」

聞き捨てならない単語にじろりと睨むと、岩村は大げさに両手を前に出した。

「嘘や。そんな怖い目ぇせんでや」

せっかくその件に関しては思考を封印していたのにと、不機嫌に眉を寄せながら事務室を出たその時、わっと騒動らしい声が聞こえてきた。給湯室だ。

「お、なんや？」

なんでも首を突っ込みたがる岩村が、リードが外れた犬のように喜び勇んで走っていく。すぐ戻ってくると思ってエレベーターの前で待っていたのだが、戻ってこない。

仕方なく黒田も遅ればせながら足を向けた。もう野次馬はいなくなっているので大したことではなかったのだろう。そう思いながら給湯室を覗いてはっとする。

そこにいたのは雨宮で、朝に見たあの白いワイシャツの前側が一面、べっとりと茶色く染まっていた。多分誰かとぶつかってコーヒーがぶちまけられたのだろう。

雨宮の隣には派遣社員の佐久間がいて、雨宮と一緒に水に濡らしたタオルで服についたコーヒーを落とそうとしている。同じく派遣社員の七瀬も、何か手伝うことはないだろうかとふきんを持って雨宮の周りをうろうろしていた。

その光景を見て、言語化できない何か——ムッとしたものを感じた。

「あめ……」

「ところで火傷《やけど》とかはせんかったん？」

しかも気のきく同期が横にいて、自分が言うべきセリフを奪っていく。

「あ、それは大丈夫でした」

そう答えた時に顔を上げ、やっと黒田の存在に気づいた雨宮は黒田を見ては、と愛想笑いを浮かべると、すぐに岩村に視線を移した。

「それならええんやけど……その茶色いん落ちんなー。午後それで仕事か。なんの罰ゲームやゆう感じやな」

「あー、やっぱりみっともないですよね」

「いやいや、みっともないとは違うで。コーヒー当番しよって起きた不可避の事故なんやし」

「そっ、そうですっ。雨宮さんがうまく動いてくれたおかげで、被害が最小限に抑えられたんですし、あの場にいた人はみんなわかってると思いますっ」

「そうね。別に汚れは気にしなくていいけど、来客の目にはつかないようにね」

雨宮は話の輪の中で普段通り話して笑っているが、黒田の方だけは見ない。とても、正しい反応だった。

今この場にいる人間は全員、社内で雨宮と親しい人間だ。

この中で一番親密度が低いのは、黒田課長。

表面上、そういう態度を取らないとおかしい。いつものように黒田に話しかけたりしたら他の三人に違和感を与える。なぜ黒田と親しいのかと詮索《せんさく》されることにもなるだろう。

——なんだそれは、と思った。

詮索されたとしても、別に性的な接触があったとまで言う必要はない。ただ親しくなったと言えばいいだけなのに、なぜそれを隠すのか。

「コーヒーって時間経つと落ちにくくなるのよねぇ。本当はそれ、脱げるなら本格的に手洗いするんだけど」

タオルでできる対処を終えてもまだ茶色いシャツを見て佐久間がお手上げというように言うと、雨宮はノリよくにかっと笑った。

「俺はいつでも脱ぎますよ？」

「雨宮君がよくても周囲の目ってものがあるわけだし、第一乾かないから替えがないとねぇ」

　すると七瀬が横から身を乗り出した。

「あっ、あの、私、替えのシャツ持ってるんですけどっ」

「いや、女物はさすがに無理やろ」

「でもレディースですけどメンズのワイシャツと同じ形なんです。だから女物ってわからないと思うんですけど」

「でもねぇ。それ、雨宮君がサイズ的に問題なく着れちゃったりしたら、それはそれでちょっとショックじゃない？」

「え!?」

　一瞬想像して固まって、「べ、別にショックなんかじゃないですっ」と動揺しながら答える七瀬にどっとその場が沸いた。相変わらず雨宮は黒田の方を見ない。まるでいないような扱いだ。

「いやさすがに俺も、女の人から平気で服を借りられるほど図太くはないよ」

　と、こんな時だけ常識的かつ紳士的な受け答えをするのも異様に腹が立ってくる。

　結局、黒田は一言も話すことなくその場を離れた。かつかつと廊下を鳴らす靴音が尖っている。

「なぁなぁなぁ、さっきのさぁ」

にやにやしながら岩村がついてくる。

「七瀬さん、あれ、あめみっちゃんに気ぃあるんやろな。かわいいなぁ」

早足で給湯室から遠ざかっていた黒田の足がぴたりと止まる。

その呑気《のんき》な発言の、なんと的確でムカつくことか。

「――おい」

振り返りもせず発した声は、自分のものとは思えないほど殺気立っていた。え、何？と岩村のびびった空気が後ろから伝わってくる。

「この近くでワイシャツを売っている店はどこだ」

「へ？　……ああ、この近くやったら、駅ビルに紳士服入っとるけど」

「わかった。すまないが昼飯は他の人間と食ってくれ」

「え、……え、え、何？　今から行くん？」

返事もせず黒田はエレベーターに走っていた。岩村に説明しないのは無視しているわけではなく、自分でもこの衝動を理解できないからだ。ボタンを押すとすぐにエレベーターは来た。

「黒田、自転車っ、部の自転車使えるけんっ」

慌てて事務室から自転車の鍵《かぎ》を取ってきた岩村が、エレベーターに半分乗り込んでいる黒田に声をかける。黒田はエレベーターから腕だけ出し、放り投げられた鍵をつかんで扉を閉じた。

意味がわからない。

自分をここまで衝動的にするこのムカつきがなんなのか、言語化できない。非論理的だ。黒田は自転車置き場に走り、部署名の書かれた自転車を引っぱり出す。それにまたがって全力でペダルを踏み込んだ。叫びたい気分だ。

なぜ雨宮のワイシャツを買いに走っているのか、自分でも整理できない。月末で辞める雨宮に、黒田と親しいと知られて被《こうむ》るリスクなどほとんどない。関係を隠すとしたらそれは黒田のためだ。それがますます黒田を苛立《いらだ》たせる。

私はそんな男だと思われているのか？　君にそんな態度を取らせて、助かったと、ほっとするような男だと君は思うのか？

駅ビルに着いて、自転車を置いてエレベーターに走ったが、ちょうどかごが通り過ぎたところで、待てずに階段を駆け上がった。途中でネクタイで首が締まり、忌々しくノットに指をかけて邪魔だとばかりに思いっきり下にやった。息を切らせて駆け込んでくる客に唖然《あぜん》とする販売員をつかまえて、即ワイシャツを買って引き返した。この時も階段を駆け下りた。そしてまた自転車を全力で飛ばした。

自分がしていることは、間違っている。

雨宮に替えの服なんか渡すべきじゃない。自分に好意を寄せる相手にそんな気を持たせるような行為を今度こそしてはならない。理性はそうはっきりと断じているのに、自分を押しとどめることができない。

会社に着き、ぜぇはぁ言いながらエレベーターに乗り込む。

誰も乗っていなくて幸いだった。今の黒田の姿を見たら何事かと思うだろう。

セットしていた前髪はすっかり落ちてきて汗で額に張りつき、ネクタイはつけない方がいいぐらいだらしなくたるんでいる。それがエレベーターの鏡でわかったのにそれを直そうともせず、黒田は十階フロアに着くや否や、血眼《ちまなこ》で雨宮の姿を捜した。

こんなことをしたら雨宮の気遣いは全部無駄になるだろう。新しいワイシャツなんか着たら、誰にもらったのか佐久間にも七瀬にも説明しなければならなくなる。いい気味だ。

遂に給湯室でコーヒーを作っている雨宮を見つけ、黒田はその肩を後ろからがしっとつかんだ。

「うわっ……って、か、かっ、課長?」

「来い」

黒田の散々ななりを見て目を丸くしている雨宮を、問答無用で男性用のロッカールームに連れ込んだ。

「着ろ」

黒田から突きつけられた紙袋の中身を見て、雨宮はさらに驚いていた。

「こ、これっ、俺に、買ってきてくれたんですか？」

声が震えている。そんな雨宮を見るのは初めてだった。額から流れ落ちてきた汗が目に染み、黒田はぐいっと腕でぬぐった。

「そうだ。早く着ろ。昼休みが終わる」

「は、はいッ」

向けられるその目はもう感激一色だ。黒田を無視したりしない。むしろ黒田しか目に入っていないいつもの雨宮だ。

胸がいっそうわだかまる。そんな単細胞のくせに、なぜ君は。

「うわ、結構いいブランドじゃないですか。いいんですか、これ」

「先週パンツを買ってきてもらったから、その礼だ」

「値段が全然違うんですけど」

「そんなことよりさっき、岩村たちの前で私と話すのを控えただろ」

袋から出した真っ白なワイシャツを広げ、まるでドレスを見るようにうっとりしていた雨宮は、軽い調子で答えた。

「あ、それは、課長と俺が親しいのってなんか変かなーって」

バン、と自分の手がロッカーを叩きつける音が聞こえた。

予想通りの答えだったのに、雨宮の口から聞いた途端、ずあっと怒りが押し寄せた。

何を、当たり前のように、言う？

雨宮が呆然と見上げている。こちらの憤りなどまったく心当たりがないという顔で。

その頭をつかんで引きずり回してやりたい。黒田は膨れ上がる感情を一気に爆発させた。

「私はっ、君と親しいことで恥じることなど何もない!!」

叫ぶような声が、ロッカールームにびりびりと響き渡った。

そう口にして、黒田ははっと目を瞠った。

自分の声の残響が部屋を一周して戻ってきたかのようなタイミングで、自らが発した言葉を理解する。

雨宮に関係ないという顔をされ、傷ついた。

それがすべてだった。

黒田は愕然と、目を真ん丸にしている雨宮を見下ろす。

いつもろくでもないことしかしない、理解不能な小動物。

その小動物に引っぱられて振り回されて、自分はいつの間に、こんなところまできてしまっていたのだろう。

自分はもう、雨宮のことを――。

「……す、すみません……」

黒田の勢いに圧倒される形で雨宮は謝罪を口にした。しかしすぐにあれ？　という顔になる。

「じゃなくて、ありがとう、ございます？　ええと、今のって課長、どういう意味……」

それを聞かれそうになり、とっさに黒田はロッカーについていた手を離し、方向転換して雨宮に背を向けた。黒田芳範ともあろう者が逃げの体勢に入っていた。

「とにかくっ、社内で普通に話してくれ。それだけだっ」

そう言って慌ててロッカールームをあとにした。廊下を足早に歩きながら、ひどい有様のネクタイを解いてやり直し、必死に冷静になろうとする。

違う、こんな感情、これこそ間違いだ。

そもそもさっき雨宮がああいう態度を取ったのは、男同士だからだ。そんな関係を自分が肯定できるわけがない。また雨宮を日陰に追いやるだけだ。

表の世界で自立したいと言っていた。

そういう大事なことは、あんな男との会話の立ち聞きではなく、自分が直接、雨宮の口から聞きたかった。

そんな余計な感情がまた込み上げてきそうになり、激しく頭を振る。とにかく自分がその雨宮の意志を妨げることがあってはならない。むしろ——自分はまだ、課長としてできることを全部しているわけではない。手を尽くしていない。こんな感情に振り回されている場合ではなく、そっちに注力すべきではないか。

こうして黒田は氷山の一角のように意識の表面に現れた感情を否定し、それを海に沈め、海底の岩に縛りつけ、新たに浮上した自分の責務の方に無理やり思考を移していた。


「ふふっ……課長、もう逃がしませんよ？」

雨宮はベッドの上で四つん這いになり、自分だけの課長をじっと見下ろしていた。

夜、自分のアパートでだ。

黒い革ベルトの手枷《てかせ》をパイプベッドのヘッド部分に巻きつける。次いで、もう一つある手枷と、足枷二つもそれぞれベッドの四隅に固定した。この時のために、元々持っていた手枷と足枷に加え、さらにもう一つずつを通販で購入していた。

準備は万端だった。冷蔵庫には味をごまかすための缶ビールを常備し、台所の隅には以前病院でもらった風邪薬《かぜぐすり》をこっそり置いていた。かつて雨宮自身が服用後に酒を飲み、気づいたら客の前で寝ていたという失態を演じたことがある薬だ。効果は間違いない。

送別会だと言って課長を二人きりの飲みに誘い、二次会と称してアパートに連れ込んで眠らせた。あとは思う存分手籠めにして、課長を虜にするだけだ。

——そういう設定で、雨宮は部屋で一人、エア監禁をしていた。

「あぁぁぁっ、課長ッ！」

ベッドの真ん中に置いてある、油性マジックで『課長。』と書いた枕《まくら》にがばっと抱きつき、ごろごろと転がる。文字を書いただけで妙に愛しくなり、最近は枕として使わず、抱き締めて眠ることの方が増えているぐらいだった。

「もう離しませんっ。課長は永遠に、俺の奴隷です！」

熱烈に愛を宣告し……雨宮はぱふっと枕に顔を埋めた。

黒田がワイシャツを買ってきてくれた日から一週間が経っていた。

黒田は相変わらず忙しく、あれから黒田との進展はまったくない。しかも、なぜか黒田は合間合間に他の課長とよく話すようになったため、ますます黒田に話しかける機会を見出せない状況だ。

それでまた黒田に合わせて残業をしたのだが、「この前の残業の時も思ったんだが、その仕事は明日ではいけないのか？」と黒田に話しかけられ、雨宮が月末までにしなければいけない仕事を一緒に整理され、その結果残業はほとんど必要ないことが明確になり、「月末までだからと焦るのはわかるが、君は君の時間を大事に使ってくれ」といい話で締めくくられた。要するに、黒田と会話する唯一確実な方法が選択肢として駆逐されたわけだ。黒田の真面目さゆえに。

「なんで……なんで課長って……あんな真面目なんだよぉぉおっ」

再び逆回転にごろごろ転がって、勢いあまってベッドの端を越え、洗濯物の山にぼすんと落ちた。梅雨で乾きが悪いからと最近しまわない癖がついていた。

落ちた姿勢のまま、雨宮は沈黙した。

黒田が忙しくて話せない。それはいいのだ。

いやよくないが、それよりもっと根本的な問題に雨宮は気づいていた。

黒田の隙をついて、脅したり丸め込んだりしてゲリラ的にエッチなことを何度繰り返しても、多分、駄目なのだ。

今までのことを思い返す。

ラブホに連れ込んだ。焼肉を食べさせてくれた。会社でお触りした。あんなに必死にワイシャツを買ってきてくれた。雨宮と親しいことで恥じることなどないとまで言ってくれた。

その全部がそうではないにしろ、黒田が自分になんらかの好意を持って接してくれているのは間違いない。それに黒田にとって自分が性的に対象外ではないことも確信している。

なのに黒田はイエスと言ってくれない。

真面目な黒田には、雨宮がもっとも得意とする体での籠絡《ろうらく》が通用しない。それをそろそろ認めなければならない時期に来ていた。

月末まであと十二日、会社の営業日でいえばあと九日だ。

体だけでは駄目だ。黒田の精神的な不安や引っかかりを取り除かなければ、先へは進めない気がする。

自分は、黒田のことを知らなすぎる。

ごろっと転がって仰向けになると、普段はあまり気にとめない天井が目に入る。前の借り主が煙草を吸う人だったのだろう。天井にうっすらと茶色いヤニがついていた。

洗濯の山に寝転んだまま、その茶色い模様をぼんやりと眺めた。

黒田と話す機会は得られないが、情報源は何も本人だけではない。

一人、打ってつけの人間がいるのはわかっている。

持っている情報量も多いが、その代わり黒田にもっとも近しい人間だ。そんな相手に探りを入れて何か勘づかれたらまずい。そう思って今まで聞くつもりもなかったが。

――黒田自身が、あんなにセンセーショナルに関係をバラしてくれたわけで。

黒田がワイシャツを買ってきてくれたというのは、佐久間の口から部内のほぼ全員に広まった。しかも黒田が汗だくで雨宮を捜していた姿を八木橋が見ていたため、その時の黒田の様子もこれまたかなりの社員に知られるという、雨宮が真っ青になるような反響を呼んでいた。

相手との関係は極秘であり、決して他人に知られてはならない旨をポリシーとしている風俗の元プロとしてはありえない展開だ。

なのに黒田のあの折り紙つきの真面目さのおかげで、いかがわしい関係があるなどとは誰も疑いもせず、むしろ黒田の意外な人間味として好意的に受け止められているというのがすごい。まさに、今まで真面目に生きてきた黒田だからこそなせる業だ。

そういうわけで、もはや黒田と親しいことを隠す意味はない。そうなってくると取れる手段も変わってくる。

（……ちょっとぐらいはいけるか？）

初めてのことに、雨宮は無意識に洗濯物を握り締めていた。

翌日の午後、雨宮は休憩室兼喫煙室に足を運んだ。

ドアを開けると案の定、その人物はいた。

雨宮が「お疲れ様です」と声をかけると、岩村が煙草《たばこ》をくわえたまま、「ん」と片手を上げた。

午後二時過ぎ。そろそろと昼の眠気が襲ってくる頃に岩村が席を離れていたら、ほぼ間違いなくここである。

「眠いですね」

「眠い」

吸煙機の椅子《いす》に座っている岩村が煙を吐き出しながら同意する。目の前には煙草の箱とライターと灰皿があり、すでに一本残骸《ざんがい》が入っていた。

雨宮はここに来た理由を作るために自販機に硬貨を入れた。以前、黒田に対して同じフェイクをしたのを思い出しながら適当にボタンを押す。ガコンと出てきた缶ジュースを取り、岩村との間に一つ椅子を空けて座った。

「なんか、今は部全体が忙しそうですよね」

「六月は四半期の終わりやけんな。けど、そっちの課も明日には落ち着くと思うで」

「ほんとですか？」

プルタブを開けるとプシュッと小気味いい音がする。一口飲むとシュワシュワと口の中を炭酸が刺激した。

「うん。明日、二十日に部の飲み会があるやろ。あれ一応、どの課も二十日ぐらいには忙しいんが一段落つくけんっていうことで日程決めとるしな」

「それって、黒田課長もですかね？」

「つーか、そっちが落ち着くっていう情報のソース、黒田やけん」

やった！　と心の中で拳《こぶし》を握る。

これで少しは話せるようになる。明るい材料だ。

「よかったです。課長忙しすぎるんで、心配してました」

口に出して不思議な感じがする。好きな人のことを他人にこんなふうに話すのは初めてだ。

「あれは主任の仕事引き受けすぎや。まぁ、しゃーないんやけど」

「そういえば課長、最近よく他の課長と話し込んでますよね。部で何かトラブルでもあったんですか?」

「ああそれは」

言いかけて、短くなった煙草を持つ岩村の指が一瞬止まる。

「……あーいや、なんでもない」

「なんですか」

「ん、まあ、ちょっとした企業秘密や」

煙草が灰皿に押しつけられる。

社員に企業秘密と言われれば、派遣としてはそれ以上詮索《せんさく》するつもりはない。そうですかとおとなしく引き下がった。

さて、これからどう核心の質問に持っていくかだ。

黒田の話題になっているのはいいが、もう少し自然なタイミングを計りたい。

岩村は煙草の箱を取り、がさがさと音を立てながら三本目を取り出した。

「よく吸いますね」

「あぁもう、それは言わんといて。健康に悪いゆうんはもう、東京におった時から黒田に呪詛《じゅそ》みたいに言われとるわ」

太い眉《まゆ》を垂れ、叱《しか》られた犬みたいな顔で言う。黒田に説教されている場面が容易に想像できて、おかしさが込み上げた。

「にしても岩村さんって、ほんとに課長のこと呼び捨てにしますよね」

「言うとくけど、最初はさんづけしとったんやで」

取り出した煙草を指にはさんで動かしながら、岩村は思い出すように続けた。

「一緒の課で仕事して、しばらくしてから飲み会があって、それで黒田の方から同期やけん敬語使わんでええって言うてきたんや。まぁ酒も入っとったし、そんだけなら挨拶《あいさつ》やと思って聞き流すけど、黒田、そのあとこう言うたんや。『どうせお前はすぐ追いつくだろ』って」

雨宮は気づかないうちに目を輝かせて岩村の話にのめり込んでいた。課長、東京でもそんな格好よかったんですか！

「敬語やめたんはそれからや。そんなん言われたら受けて立つしかないやろ」

「それで主任になったんですか」

「なったわ。二年半かかったけどな。これでやっと追いついた思ったら、あいつ、その半年後に課長やで」

「課長はエリートですから」

「あんな。エリートなんは俺。あいつは異常、例外。ＯＫ？」

煙草をびしっとこちらに向けて言うのがおかしくて笑ってしまう。確かにその通りで、数いる平社員の中から選ばれて東京本社に出向、主任になって戻ってくるというのは、できる社員であり、順当な出世コースだ。その上を行く黒田は別格なのだろう。

岩村が煙草をくわえ、シュボッとライターで火をつける。最初の一服を吸い込むのを見計らって雨宮は話を切り出した。

「それにしても課長って、なんであんなに真面目《まじめ》なんですかね？」

途端、岩村は口から煙を吐き出しながらぷはっと笑った。

「なんや、それが聞きたかったん？」

笑いながらの鋭い指摘にぎくりとする。なんで、という目で見ると、岩村はにたりとした。

「だって、あめみっちゃん、あんまり自販機で買わんやん」

「たまには買いますよ」

「うん、けどこの時間帯やないやろ」

まずった、と思った。

岩村はほぼ毎日、この時間帯に煙草を吸っている。なら逆に、そういう時間に自分の行動を変えると岩村からは不自然に見えるということだ。

どうする。質問自体はありふれたものだ。いくらでもごまかしはきく。

そう一瞬考えを巡らせたが、岩村が先に続けた。

「まぁええわ。黒田があめみっちゃんに気ぃ許しとるんはわかっとるし」

「……そう、ですかね？」

「じゃなきゃ、あんな必死にシャツ買いにいかんやろ。びっくりしたわ。あんな黒田初めて見た」

どうやら岩村は、黒田がシャツを買いに走るのを見ていたらしい。岩村はにっと笑った。

「おもろいもん見せてもろたけん、敬意を表して教えたる。言うとくけど、普段はこんな話せぇへんで？」

そんな前置きとともに、岩村の話は始まった。

あいつんとこの親な、デキ婚なんや。

元々そんないい加減な父親やろ。すぐ家族するんが嫌になって出ていったんやと。

それであいつ、父親のことすごい嫌いなんや。逆に苦労しとるお母さんのために遊んでられんって感じで、あんなに真面目に育ったらしいで。大学もバイトしながら奨学金で通って、親にはほとんど金出させせんかったらしいわ。お母さんが言うとったけど。

いっぺん家にお邪魔したことがあるんや。まぁ綺麗《きれい》な人やったわ。さすがは黒田のお母さんや。ちょっと抜けとるところあるけど笑ろたらかわいいんや。こんなお母さんおったら、そら幸せにしとぅなるわ。

その時な、再婚話が出とったんや。お母さんの方は私なんかがいいのかしらって感じやったけど、黒田は乗り気でな。それも自分が出会いのきっかけ作っとったから、これでやっと嫁に出せるって笑ろとった。なんてゆうか、父親がお母さんを幸せにせんかったやろ。やけん父親が取らんかった責任を、やっと自分が取れるってゆう感じやった。やのにお母さん、ガンが見つかってな。早かったで。半年もたんかった。

通夜行ったけど、黒田、泣いとった。

それからや、あいつ、ちょっと真面目のバランスが崩れた気ぃするわ。

「……」

岩村が口から煙を吐き出す。

黒田の真面目のルーツは、その話だけで充分に理解できた。

「まぁそういう奴なんや。真面目すぎるんは大目に見たって」

「いや、なんていうか……」

「うん？」

「課長は……一人なんですね」

焼肉店での会話を思い出す。

自分も黒田も身内がいなくて一人だから同じだと話したが、雨宮は一人だとは感じていない。会社に来れば佐久間も七瀬もいるし、腐れ縁だが店長もいる。何よりこんな片想いの状態でも、すでに黒田をとても身近に感じている。

だけど黒田はきっと、そうじゃないのだ。

岩村は目を瞠《みは》り、「あー……そうかもしれんな」と少し寂しそうに言った。

「あいつ、勝手に一人になるけんなぁ。前はそんなことなかったのに」

「バランスが崩れる前っていうのは、その、どんな感じだったんですか」

「うん。これ以上真面目やったら人が寄りつかんっていう線があるとするとな、その線の一メートルぐらいは手前におったんや。割と周りに好かれとったし、今みたいに笑わんことないし、冗談も言うとったで。けど今は、その線を五メートルぐらい踏み越えとるやろ」

確かに黒田は真面目すぎて近寄りがたい。今は雨宮にそんな感覚はないが、つい最近まで自分もそう思っていた一人だ。

想像してみる。周りに好かれて時々笑って冗談まで言う課長。それはとても素敵だと思う。今のままでも大好きだけど。

「まあ、あめみっちゃんのシャツ買いにいったりするし、その辺変化が見えんこともないんやけど……やばい変化もあるけんなぁ」

「なんです？」

岩村は珍しく、頭が痛そうに眉を寄せた。

「……先週聞いたらな、黒田、若月に交際断るって言いよった」

え、と口が半開きになり、あとが続かない。

それは——大ごとだった。

いつもの雨宮なら脳内にライスシャワーを降らせながら、「課長、俺のために別れてくれるんですね!?」としか思わないところなのだが、しんみりするような真面目ルーツを聞いたあとではそのテンションに切り替わらず、より深い考察が奇跡的に展開される。

普通、Aと交際中にBとつき合う決意を固めたなら、Bに「別れるから待っていてくれ」と一言言いそうなものだが、雨宮はそのような言葉は聞いていない。となると、彼女と別れるのは単にインポが治らないからであって、雨宮とつき合うかどうかとは別問題の可能性がある。

婚約者と別れて、雨宮ともつき合わない。そんな黒田の姿が想像できるだけにぎゅっと胸が締めつけられる。横で岩村がぐしゃぐしゃっと自身の短い髪をかき混ぜた。

「あーもう、なんで断るんや。あんだけ美人でこんなおいしい縁談もうないで。そう思うやろ？」

「そういう条件は多分、課長には関係ないんですよ」

静かに言い切る声に、岩村がへ？　と改めて視線を向ける。そこにあった雨宮の横顔は誰も見たことがないほど男気にあふれていた。愛する人を守ろうとするナイトのような凛々《りり》しさだ。

若月綾香では駄目なのだ。

うまくエッチできなくて、セックスレスになんてなってそれが普通になったら、課長はもっと孤独になるだけだ。

そうじゃなくて、溺《おぼ》れるほど愛されるべきなのだ、課長は。

まぁそうなんやろなぁと、すごくいいタイミングで同意する岩村の声をＢＧＭに、雨宮はこの世の真理を確信していた。

そうだ。課長の相手はこの自分でなければ駄目なのだ。課長のマゾという本質を理解し、愛《め》でることができるのは、世界広しといえど自分しかいない。

待っててください課長。

やっぱり世界中の女性の代わりに、俺が課長を手籠《てご》めにします!!

——こうして。

今までのゲリラ的アプローチを見直し、極めて真剣に黒田の心に寄り添って考えようと考えようとした結果——要するに、何をどうやっても「手籠めにする」という結論にしか到達しないのが雨宮であった。


そして翌日の二十日、水曜日。

この日ばかりは定時になると皆一斉に片付けを始め、いそいそと居酒屋に向かう。部の飲み会の日だ。

雨宮も黒田をチラ見しながらも特に二人きりになるつもりもなく、皆とのんびり歩いて目的地に向かった。部全体となると四十人もの大所帯なので、使える店はこの辺りでは三つしかなく、毎回ローテーションで店が決まっていた。

店に着くと、いつも通りふすまを取っ払った広い畳の間に通され、そこの長机の末席に七瀬と向かい合って座った。今日は佐久間と寺内が参加できなくなったということで、派遣同士、自然と一緒の場所に収まった。

飲み会が始まるとすぐに場は騒がしいほどにぎやかになる。普段は話さない社員とも近くに座れば話ができるのは飲み会の楽しいところだ。

しばらく経って何気なく黒田を目で捜すと、黒田はグラスを持って他の課長のところに行き、酒を注がれていた。さっきも別の課長のところで飲んでいたので、その積極的な一面に少し驚く。

酒でほんのり赤く染まった端整な顔が笑っている。

ワイシャツの一件以来、雰囲気が心なしか丸くなった気がする。課長、ちょっとは明るくなったんじゃないかなと、その変化に頬《ほお》が緩んだ。

「なんや今日は気合入っとるよなぁ、あいつ」

ぎくりと振り返ると、岩村が瓶ビール片手に後ろに立っていた。岩村が目ざといのは知っているが、人の視線を読まないでほしいものだ。心臓に悪い。

「岩村主任、顔真っ赤ですよ?」

七瀬が笑って声をかけると、大丈夫や、と答えてどんと瓶ビールをテーブルに置き、雨宮の右斜め横、つまり雨宮と七瀬の間に座った。足をもつれさせながら。

「七瀬さん、飲んどる？　一杯どう？」

「あ、じゃあいただきます」

社員には少し引っ込み思案な七瀬だが、岩村には身構えない。それは、派遣だろうが女性だろうがフランクに話しかける岩村の人柄のなせる業だろう。今はただの酔っ払いだが。

「岩村さん、今日ペース早くないですか？　まだ一時間ちょっとですよ」

「大丈夫大丈夫。俺強いけん」

そう言いながらも、雨宮にビールを注ぐ手元はだいぶ怪しい。

「少しセーブした方がよくないですか」

「何言うとん。あいつに負けとられへんやん」

その時、「岩村ー」と他の社員に呼ばれ、「はいはいはいはい」と裏返った声で返事をしながら、また岩村は瓶ビールを持って放浪の旅に出ていった。

「大丈夫なんでしょうか」

「あれは多分潰《つぶ》れるね。まぁいいんじゃない？」

七瀬と顔を見合わせて笑った。その時――。

「僕も混ざっていいかな？」

そのどことなく粘着質な声を聞いた途端、七瀬の表情がわずかに強《こわ》ばった。

返事を聞くことなく、その男はさっき岩村が座っていた場所にメタボぎみな体でどっかりと腰を据えた。

定年間際の部長代理。

名目上は部長の代理だが、部長は常駐しているためほとんど仕事がなく、窓際で部下もおらず毎日暇そうにネットを見ているだけの男だ。ここ数年、ポストにあぶれた人を受け入れるためだけの役職になっており、この人が辞めた時点でこの役職は廃止されることになっていた。

「お、お疲れ様です」

「あー、仁美《ひとみ》ちゃん、お疲れ。さ、飲んだ飲んだ」

仁美というのは七瀬の下の名前だ。部長代理はテーブルにあったビールを開け、手に持った。

「あ、ちょっと今、いっぱいで……」

「ああ、さっき岩村君に注がれてたね。そのぐらいいけるいける。ぱーっと空けちゃってよ。注いであげるから」

言外に岩村の酒は飲めて僕の酒は飲めないのかと言われ、気の小さい七瀬は慌ててビールを飲み干してグラスを差し出した。

研修用の動画に撮っておきたいような、典型的なセクハラとアルハラだ。

この部長代理が「今日も一日がんばろう！」と朝女性の肩を叩《たた》くことは部内では知られていて、女性たちには煙たがられている。過去に一度、部長から注意を受けたらしいが、佐久間曰《いわ》く、一ヶ月ぐらいはごまかすように男の肩も叩いていたが、また女性にしかしなくなったとのことだ。中でも七瀬はお気に入りで、高頻度で「今日もがんばろう！」をされているのは知っていた。

（どうするかな）

雨宮は七瀬と一緒に部長代理に話を合わせながら周囲を見やった。

こういう時、真っ先に気づいてうまく対処してくれるのは岩村なのだが、その岩村は酒が回りすぎて使えない。黒田もさっきから年配の課長二人につかまってご高説を賜《たまわ》っていて、雨宮が話しかけられる状況ではなかった。それ以外で雨宮が仲がいいとなると八木橋なのだが、平社員に部長代理のセクハラ対応を頼むのは少しかわいそうな気もした。

「ところで仁美ちゃん、休みの日は何してるの？」

「え、休みの日ですか……ええと……洗濯したり、掃除したり……？」

「そんなの半日あったら終わるじゃない。彼氏とデート？」

「いえっ、彼氏はいないんですけどっ」

「いないの？　いつから？」

近くにいる社員二、三人はこの状況に気づいているようだが、見ないふりを決め込んでいる。まあその気持ちもわかる。部長代理は七月末で定年だ。あと一ヶ月ちょっとでいなくなる人間と今さら揉《も》め事を起こしたくもないだろう。

あと一時間、雨宮がフォローし続けて場を収めることもできるが、七瀬は苦痛なだけだ。援護があるなら部長代理を遠ざけるのだが、ないなら七瀬を帰すのが次善の策だと判断した。

「七瀬さん、ちょっと顔色悪くない？」

「え……？　あ、ええと、そう、かも」

「トイレ行く？　ハンカチとかもあった方が」

「あ……はい、そうですね」

雨宮に合わせて七瀬がバッグを持って立ち上がると、部長代理も立ち上がろうとした。

「僕もついていこうか」

「いえいえ、とんでもない。部長代理をトイレの前で待たせるなんて畏《おそ》れ多い。ねぇ？」

七瀬も、もう愛想笑いもできず強ばった顔で何度も頷《うなず》いたため、さすがについてはこなかった。

一応トイレの方に向かうふりをしながら、雨宮は七瀬を店の出口まで連れていった。

「気分が悪くなって帰ったたって、幹事の人に言っておくから」

「すみません、本当に」

七瀬は恐縮して何度も頭を下げた。そんなに頭を下げられると申し訳なくなってくる。

「ごめんね、守ってあげられなくて」

すると、七瀬は目を瞠ってぶんぶんと頭を横に振った。

「そんな、あの……充分です。すごく助かりました。ありがとうございます」

七瀬はもう一度、舞台役者のように深々と頭を下げ、店を出ていった。

(すごく助かりました……か)

心の中で反芻《はんすう》し、ついにやけてしまう。勤め始めたのは同時期なのだが、年下なので後輩のように思っている七瀬に頼られたと思うと嬉《うれ》しく、俺も捨てたもんじゃないかもと少しいい気分になっていた。

(ここでほんとの『漢《おとこ》』なら、元凶にびしっと言うんだろうけど)

まあ自分はそういうの無理だよなと思いながら、幹事に七瀬のことを報告し、部長代理が待つ元の席に戻った。

「仁美ちゃんは?」

「それが、やっぱり気分が悪かったみたいで、先に帰りました」

「あー……そうなんだ。それは残念だね」

七瀬があのまま逃げることを予想していたのか、平坦な返事だった。さすがに最後のあの七瀬の顔を見て諦《あきら》めていたのかもしれない。

「まあいいや。これからは男同士、二人で飲むとしようか？」

部長代理の手が雨宮の肩にかかり、抱き寄せられる。はは、と雨宮は笑った。

なんとなく、こうなることも想定はしていた。「今日もがんばろう！」と肩を叩かれたことが、雨宮も何度かあったのだ。


それから四十分ぐらい経っただろうか。

酒のせいで頭が一瞬くらっときて、やば、ととっさに傾きかけていた体を立て直した。

あのあと、部長代理は雨宮を酒で潰しにかかった。

酒の強さには自信があったのだが、雨宮が三杯飲む間に部長代理は一杯しか飲まない。

つまり雨宮は三倍飲まされていた。

これはまずいと思った時には立ち上がれないほど酔いが回っていて、いったんトイレに行ってこっそり別の席に戻る、という逃げも使えなくなっていた。今も両腕をテーブルに置いて体を支える補助にしている状態だ。

「おやおや、少し飲みすぎたようだね。大丈夫かい?」

右隣にいる部長代理はそう言いながら体を密着させ、ズボン越しに雨宮の股間《こかん》を露骨に触ってくる。笑顔で三度手を振り払ったのだがまだ諦めない。男同士なので声を上げにくいと踏んでいるのかもしれなかった。

周囲の人間は誰も気づかない。岩村が服を脱ぎ始めたせいで飲み会は大いに盛り上がり、ギャラリーがはやし立てる声で鼓膜がおかしくなりそうなほどだ。七瀬へのセクハラには気づいていた社員たちも、いくら女のような顔とはいえ、まさか男である雨宮が被害に遭っているとは思いもしないようだ。

まあ気づかれても困るし、気づかれないためにずっと笑っているわけだが。

(つーか、痛ぇんだけど……)

何度も股間をもみしだかれても、これだけ酒を飲んですぐでは勃《た》ちようもない。飲ませた張本人なのだからそれぐらいわかりそうなものなのに、さっきから執拗《しつよう》に股間をこすってくる。その必死さがいっそ滑稽《こっけい》に思えるほどだ。

仕事上、誰にも相手にされない役職。辞めたくても、今よりいい給料をくれる再就職口なんてないだろう。単身赴任が長いから奥さんともうまくいっていないのかもしれない。

(それで定年間際に冒険心を起こしたってとこか。お盛んだなぁ……)

酔いの方はいくらかましになりつつあるのだが、飲み会が終わるまではどの道逃げられそうにない。雨宮はもうさせるに任せていた。風俗に入って最初の頃、ど下手な客にまさぐられて「達《い》ってもいいんだよ」と言われた時のことをぼんやりと思い出す。

一方、岩村の方はさらに新しい動きを見せていた。パンツまで脱ごうとする岩村を止めに入った黒田が逆に岩村に羽交い絞めにされ、そこに酔っ払ったギャラリーが乱入して黒田まで服を脱がされ始めるというどきどきの展開になってきて、そっちの方がものすごく気になるのだが、股間の刺激が不快すぎて集中できない。

「今、反応したね」

下卑《げび》た声にハッと息がもれる。あんたじゃねぇよ。課長に興奮したんだよ。

調子に乗ったのか、部長代理は鼻息を荒くしながらその分厚い唇を雨宮の耳に近づけてくる。ふぅっと、わざとらしく息を吹きかけたのはそれで感じるとでも思ったのか。

「夏樹君、このあとは空いてるのかね?」

もはや失笑しかもれない。このレイン様とタダでやろうってか?　金取るぞ。

「いやー、実は予定があって」

「予定？　何があるんだい？」

股間をまさぐりながら聞いてくる。やめろっての。

「テレビ予約してなくて」

「テレビ？　そんなもので僕の誘いを断るのかい？」

「いやー、でも」

「──夏樹君、月末で終わりなんだってね。あれ、僕がね、いいように口ききをしてもいいんだよ？」

ぴく、と雨宮の全身が、その言葉に反応した。

真横にいる男の目を覗《のぞ》き込むと、鷹揚《おうよう》な頷きが返ってくる。

普段ろくな仕事もない部長代理にそんな権限があるとは思えない。しかし、雨宮の心はぐらついた。

名目上とはいえ、課長よりは上だ。当然、総務の伊沢課長よりも役職は上である。影響力がないとは言い切れない。

それに部長代理は来月末で定年退職だ。単身赴任だから、定年後は他県にある自宅に戻るはず。見返りとして体を求められるとしても、せいぜい一、二ヶ月だろう。

それで辞めずに済むなら、これからも課長といられるなら——。

引き込まれるように見つめる先で、部長代理の顔がにんまりと歪《ゆが》んだ。

その時だ。

股間をまさぐっていた部長代理の手がびくりと止まった。自主的にではなく、誰かに止められたように、突然。

——誰かって、誰が。

ぎょっとして頭がクリアになった途端、自分の左に黒田がいることに気づいた。さっきの騒動の余韻で前髪は乱れているが、表情は厳しい。その黒田の手が、部長代理の手首をしっかりとつかんでいる。痴漢の現場を押さえたというわけだ。

心臓が止まりそうになった。

部長代理は一瞬まずいという顔になるが、すぐにしらばっくれようとした。

「なっ、なんだね？　ぼかぁ、あれだ、せっかく夏樹君とこうして親睦《しんぼく》をだね……」

「それ以上するなら問題にします」

静かだが一片の容赦もない、凄《すご》みの効いた声だった。

返答によっては斬《き》りつけんばかりの眼光に圧倒され、部長代理はあとずさろうとする。

しかし手首をつかまれているので一定以上は動けない。黒田が手を離すと、軽く尻《しり》もちをついていた。

「あ、ああ、とっトイレ、トイレ行ってくるよ。さっきから我慢してたんだ。ハハ」

そう言って、見ている方がいたたまれなくなるほど無様に逃げていった。

「…………」

ありがとうございます、と言うべきなのだろうが、声が出てこない。

助かったという気がしなかった。むしろまずい現場を見られたという心境だ。

課長はどこから聞いていた？　部長代理の取引に応じようとしたのはバレた？　バレてない？

「ちょっと、いいか」

感情の読めない声に促され、雨宮は黒田に連れられて店の外に出た。

人目につかないよう、隣の店との間の細い路地に入った。雨宮を壁際にやり、黒田は人通りから隠すように前に立ち、壁に手をついた。黒田の表情が苦く歪められる。

「なぜ私に言ってくれなかった」

「いや、あの、風俗でセクハラには慣れてますし、なんとかなると思ってたんですけど、途中でお酒が回って立てなくなって、それで」

「……」

黒田は納得いかない顔で見下ろしてくる。黒田の気配が少し怖かった。

それが伝わったのか、黒田は片手で目元を覆った。クールダウンするように手を顔に押しつけている。

「……そうか。すまなかった」

「いや、その、課長が謝ることじゃ」

「君が七瀬さんと廊下に出ていくのは見ていた」

懺悔《ざんげ》するように、弱った声が降ってくる。

「そのあと七瀬さんが戻ってこなかったのも知っていたが、何か用事かと思った程度で深く考えなかった。……部長代理のセクハラが原因だったんだな」

兆候があったのに気づけなかったと、黒田は詫《わ》びた。

「妙に近い距離で君と飲んでいるとは思っていたが……すまない。認識が甘かった」

「いえ、いいんです。普通、男に手を出すとか思わないですし」

黒田の非難が自分に向いていないことを知り、ほっとしていた。あの取引は聞かれていなかったのだ。そう思ったのだが――。

「それと、君もわかっているとは思うが、部長代理が言ったことは本気にするな。あの人にそんな権限はない」

反応するのが、一瞬だけ遅れた。

「わっ、わかってますよ、やだなぁ」

黒田の目を見て言えなかった。それで気づかれた。

あの時、雨宮は本気にして、取引に応じようとしていたのだと。

――軽蔑《けいべつ》される。

そう思った瞬間、黒田の顔が見たこともないほど激情に歪んだ。

「あのクソ野郎、問題にしてやればよかったッ」

吐き捨てるように言う黒田に、どきりとする。

課長がこんな顔、するなんて。

その剣幕《けんまく》に圧倒され、雨宮はうろたえた。取引に応じようとした自分にも非があるし、それに七瀬が被害に遭ったならともかく自分は男だし、それに元風俗の身だ。そんな自分は課長に怒ってもらえるような人間じゃない気がして。

「いや、まあ、でも部長代理もかわいそうな人ですよね。好きであんな暇で死にそうな役職に就いたわけじゃないでしょうし。辞める前に少しぐらい羽目外して甘い汁吸いたくなるのもわかりますよ」

なぜかそんなフォローの言葉を口走っていた。怒りを収めてほしくてとっさに。

それで、黒田の表情が凍った。

「……だから、君がこんな目に遭ったのも仕方ないと？」

自分の発言の何が悪かったのかはわからない。ただ、黒田を余計に悲しませてしまったのだけはわかった。

「そんなものは言い訳だ。不満があるなら上司である部長に文句を言えばいい。なのに……よりによって、契約終了が近い一番立場の弱い人間を狙《ねら》った卑劣《ひれつ》な行為に、君がつき合わなきゃいけなかった必然性など、どこにもないっ」

大きな手が雨宮の両肩を強くつかみ、ぐっと手前に引く。それは抱き寄せるような動作だった。

「君はもっと、自分を大切にすべきだ……！」

呆然《ほうぜん》と、雨宮は黒田を見ていた。

それを黒田に言われるのは二度目。一度目の、焼肉店で言われた時はなんとも思わなかった。

だけど今は、その懇願するような声が深く胸に染み渡る。

自分はいろいろと、鈍感になりすぎていたのだろうか。

店長に戻ればいいと言われればすぐにぐらつき、契約継続をちらつかされればあんなセクハラ親父《おやじ》にさえ腰を振ろうとする。

そんな自分が急に恥ずかしく思えた。

体を売れば真っ先に心配するであろう両親はこの世にいない。借金ができた時点で生活をガラリと変えたから友人たちとの関係も途絶えていた。新しく仲間になったのは全員ウリをしている人間だったし、そして恋人さえも風俗店のオーナーだったので、体を売ることを心配する人間なんて雨宮の周りには誰もいなくて、だから今まで課長に心配されてもどこか実感がなくて、だから。

大切にされる。その実感が、本当に思い出せないほど久しぶりで。

――自分を大切にしよう。

この時初めて、心からそう思えた。

黒田に顔向けできないような人間ではいたくないと、強く思った。

「すみ、ません……」

今度こそ雨宮に真意が伝わったことがわかったのだろうか。黒田は深い息を吐き、雨宮の肩から手を離した。

「……本当に君は……」

それは独り言だったのか、どうなのか。わずかな音でかき消えてしまいそうなほど小さな声だったが、そのあとにはこう続けられた。

――見張っていたいぐらいだ、と。

そのかすれた黒田の声に、目に、潜んだ熱に、くらりとくる。

それも真面目な課長ゆえの発言なのか。心配するあまり出た声なのか。

ほんとに、ほんとに……それだけ？

「終わったら、家まで送っていく」

決定事項を伝えるように言う黒田を、雨宮は半ば夢心地で見つめていた。

それから、胸のどきどきはずっと止まらなかった。


（な、な、なんか、信じられない……！）

雨宮は今、自分のアパートのドアを開け、玄関に足を踏み入れていた。

黒田とともに、だ。

飲み会のあと、黒田は宣言通り、雨宮をアパートまで送ってくれた。それで、「ちょっと酔い覚ましに上がっていきます？」と駄目元で誘ったら、黒田は少し迷いを見せたものの、「そうだな。他人の目が入れば防災上の隠れた危険が見つかるかもしれない」と、真面目なのか酔っ払いなのかわからない理屈をつけてついてきたのだ。

黒田が自分から家に上がってくれた。

それだけでもう胸がいっぱいで、この前妄想していた家飲みシチュエーションに限りなく近いとか、そんなことはどうでもよくなっていた。

(俺の家に課長がいるっ！　夢とか幻覚じゃなくてっ！　あ、課長靴そろえてる、あああ写真撮りたい！　全部動画に撮っておきたい……！)

もう黒田の動作一つ一つに感激しながら、玄関から入ってすぐにある台所の電気をかちっとつけ……奥の部屋の惨状を思い出した。

昨日《きのう》した洗濯物はパンツも含めて部屋の中に干しっぱなし。それ以前からのものは変わらず床で山になっている。さらに今日は起きるのが遅れたので貧しい朝食の残骸がテーブルの上に残っていて、バナナの皮からはほのかな腐敗臭が漂っていた。

「ちょ、ちょ、ちょ、ちょーっとここで待っててもらえます!?」

黒田を玄関に置いて部屋に駆け込むと、雨宮は死に物狂いで片付けを始めた。これでムードが崩れたら、自分の首をロープで絞めたくなってしまう。

バナナをつまんで剛速球でゴミ箱に放り込み、その袋の口を縛り、食器をテーブルの隅に重ね、枕《まくら》の『課長。』と書いている方を下にし、クローゼットを開けてパンツ優先で洗濯物を押し込んでいく。まさに脇目《わきめ》も振らず一心不乱に片付けていたのだが、ふと見ると横で黒田がクローゼットをまじまじと見上げていた。

（入ってるしぃぃぃ⁉）

しかも黒田の視線のその先にあったのは、風俗で使っていた女王様コスチュームだった。

「なんだこの服は。君の元カノの一張羅《いっちょうら》か？」

（ぎゃああああああっ‼）

その女性のランジェリーのように露出度の高いコスを、ひったくるようにハンガーパイプから外す。オーダーメイドの一番高いやつだったので、しわにならないようにといまだに吊《つ》るしたままだった。

「こ、こ、こっ、これはですね、風俗時代のコスチュームで、またいつか着ようとか思ってたわけではなく、そう、思い出？　……とっ、とにかく、あっち向いててくださいっ」

黒田の背中をぐいっと押して壁の方に向かせる。しかしそこには本棚があり――。

「『美脚女王様の奴隷《どれい》抜き地獄』」

（ふぎゃあああああっ⁉）

本棚に並んでいた成人指定ＤＶＤのタイトルの一つを読み上げられ、雨宮は今すぐ死にたくなった。しかも、黒田はそれを遠慮なく手に取っている。

「本当に君は女王とか奴隷が好きだな。それで、これは女性の方が好みなのか、それとも男の方か?」

「いやっ、あのっ」

そんなことを黒田は割と真顔で聞いてくる。

「いやっ、じゃなくてですねっ、それは女王様の振る舞いとか言葉遣いとかを勉強するために買ったやつで……」

(ああまた俺、余計なこと言ってる……!!)

真性のSでないことを言う必要なんてなかったのにとますます焦って、黒田がその答えにどこか満足そうな顔をしていることには気づかない。とにかくその恥ずかしいブツを取り返そうとするが、黒田は何を思ったのかDVDを雨宮の手から遠ざけるという意地悪を始める。やはり黒田も酔っているのだろう。

「別に慌てることはないだろ。減るもんじゃない」

「減ります!　俺の心のヒットポイントが!」

闇雲《やみくも》に取り返そうとして黒田のワイシャツをつかんでいるうちに足がもつれ、二人とも床に倒れ込んだ。それでも攻防は続き、二人で床をごろごろあっちに行きこっちに行きして遂《つい》に、雨宮はＤＶＤを奪還した。

「取ったぁぁ！　……って、あ」

気づいたら、雨宮は黒田の腹の上に思いっきりまたがっていた。黒田は床に大の字になって笑っている。

「君は本当に……でたらめだな」

それは誉め言葉ではないのだろうが、黒田の表情は見たこともないほど穏やかだった。

「君といると、何もかもが破れかぶれだ。だけど楽になれる。……どうしてだろうな」

黒田は上に乗っている雨宮を降ろそうともせずに言う。

そんな黒田の唇から目が離せなくなっていた。君が好きだと、次の瞬間にも言ってくれるような気がして。

黒田はすっと笑みを潜め、大事な話でもするように雨宮を見つめる。そして一呼吸置いて言った。

「君の気持ちには応《こた》えられない。だが君とはこれからもつき合っていきたい。私の友達になってくれないか」

言葉の分析に、数秒を要した。

いや、三十秒ぐらいかかったかもしれない。

この雰囲気は告白以外に考えられなくて、だけどそれにしてはセリフが状況に合致せず、超高速で黒田の言葉を反芻して分解して何通りも切り貼《は》りして前後を逆にすれば正しい意味になるのではとか必死にあがいてもがいた結果、どうしても避けられない結論に至った。

どうやら今、自分は振られたらしいと。

「…………」

頭がふわふわしている。こんな重大な局面で。なんかまた酒が回ってきたような、地に足がつかないような感覚に囚《とら》われる。

そんな雨宮の反応を受け、途端に黒田の顔には申し訳なさそうな色が浮かんだ。

「……そうだな、即答できることじゃない。すまない、よく考えてくれ」

「いやっ、ぜっ、全然ＯＫですッ!!」

脊髄《せきずい》反射的に答えていた。

だってそうだろう。友達になるならないでよく考えるとかおかしくない？　友達になるだけならまったく問題ない。

ただ、その友達になるのに、恋人になるのを諦めるという条件がついているのかどうかが微妙なところであり、ここは国語的に解釈するとついてない？　いやついてる？　あれ、ついてるならＯＫしてよかったの？

頭がずきずきと痛くなってくる。酒の飲みすぎだろうか。いやショック？　これは精神的なもの？

パニックに陥る中、黒田はいたわるような顔になり、ぽんと雨宮の足を軽く叩いた。

「すまない、焦ることはないんだ。よく考えてくれ。……私はそろそろお暇《いとま》する。明日も仕事だしな」

「えっいやでも、来たばっかりですしっ、ちょ、待ってください！　一杯だけでもっ！」

黒田が帰ってしまう。このまま帰すなんてできない。止めなくては。

頭の中が全面真っ赤な状態で明滅し、最大級のアラームを発していた。

雨宮は混乱したまま黒田の腹から降りて台所に行き、缶ビールを冷蔵庫から取り出してコップ二つに注ぎ、黒田のには粉状の風邪《かぜ》薬を入れて持っていった。ここまでもう、一連の動作だった。

「酔い覚ましじゃなかったのか」

「いえ、ほらあれです、友達になったのでお祝いしないと」

「それは今はいい。返事を待ってる」

黒田が少し痛そうに笑ったのが、雨宮が自然な表情を失っていたからだと雨宮自身は気づかなかった。黒田がビールを飲み干すのを見届けるのに必死だったから。

それからもなんとか引き止めて話を長引かせているとだんだん黒田の反応は鈍くなり、雨宮がトイレに立って戻ってくると、黒田は床に倒れて眠っていた。

雨宮は黒田のそばに、気が抜けたようにすとんと腰を下ろした。

黒田の言葉を何度も思い返す。

楽になれる。君とはこれからもつき合っていきたい。返事を待ってる。

まるで告白のような言葉の数々だ。

さっきのセリフが「君が好きだ」なら何もかもしっくりくるのに、なぜ逆の言葉だったのかがどうしても感覚的に理解できない。

「課長、ほんとに駄目なんです……？　ほんとに……？」

告白かと見まがうような好意を肌で感じたあとでは、諦めるなんて到底不可能だった。

だって、ラブホでも会社でも、俺のテクで達ったじゃないですか。他の女の人相手じゃ駄目だったのに、俺に虐《いじ》められたら反応するって、それって。

——そうだ、課長はマゾなんだ。

黒田と関係が始まった時から揺るぎなく抱き続けているその信念に、雨宮はすがった。

黒田とは結局のところ、まだ最後までしていない。だから女王としてのよさがわかってもらえていないのではないか。一度でもじっくりプレイをすれば、たとえ恋人としてでなくても、自分を求めてくれるはず。

一度でもすれば……。

そう考え始めるともうそれだけに思考が染まっていき、それ以外のことは考えられなくなっていった。


「ん……ぁ……」

黒田は身をよじり、我知らずベッドの上で悶《もだ》えていた。

子猫のように小さな舌が黒田の乳首を舐《な》め回し、そこの感覚を鋭敏にさせる。もう片方も引っかくようにもてあそばれ、硬く尖《とが》ってきていた。

（……また夢……か……？）

頭がぼうっと霞《かす》む中、夢ならこのままでいいと、重石をつけられたように鈍い意識を無理に引き上げようとはしなかった。

近頃よく夢を見るようになっていた。子猫の夢だ。

道端の子猫に餌《えさ》をやったら家までついてきて、お前はうちでは飼えないんだよとドアを閉めることができず、家の前でいつまでもその子猫を構っているという、何が原因なのか心当たりがありすぎる夢だ。しかも構っているうちに悪戯《いたずら》な子猫がとんでもないところをすりすりしてくるというのが毎回のパターンだ。

今回は黒田の胴体に乗っかっているらしいが、その感覚が一際リアルで、子猫の息遣いやその重みさえ感じる気がする。その夢の中の子猫が落ちないようにと手で支えようとしたその時——ビンッ、と手首に衝撃が走った。

「……ッ!?」

弾《はじ》かれたように目を開くと右手首に黒い革の手枷《てかせ》がはめられていて、枷のもう一方はパイプベッドのヘッド部分に固定されている。一瞬で目が覚めた。

「なん……ッ」

着ていたワイシャツははだけられ、アンダーシャツは胸までまくられている。ズボンは下着ごと膝《ひざ》まで脱がされている有様だ。

起き上がろうとするが、左手首と両足首にも同様の衝撃が走り、身動きが取れない。四肢を四隅のパイプに磔《はりつけ》のようにつながれている状態だった。驚いたなんてものじゃない。

「駄目ですよ、動いたら」

自分の腹の上から降ってくる声をたどって視線を向け——度肝《どぎも》を抜かれそうになる。

まず黒田の目に入ったのは、腹から胸元まで編み上げになっている――つまり肌が見えている――ビスチェと、ショーツ。足にはストッキングとガーターベルトをまとわせ、両腕の肘《ひじ》から手首には革のアームガードをはめている。いずれも黒で女王様というイメージそのままの装いは、さっきクローゼットで見たコスチュームだった。

「なッ、なんて格好をしてる⁉」

そんな黒田のツッコミにも動じず、露出度の高いコスチュームを堂々とまとい、雨宮はふっと女王の笑みを浮かべた。

「俺が自分の部屋でどんな格好をしようが自由でしょう？」

そういう問題ではない。場所ではなく、状況が論外なのだ。

「何を……するつもりだ……？」

「何をって、わからないですか？　今から課長を手籠めにするんです」

（手籠め⁉　その格好でか⁉）

さっきから扇情的な太もも周りから目を離せない。

そんなものに心を奪われている場合ではなく、理性を総動員してその鮮烈な吸引力からなんとか目を引き剝《は》がしたものの、とにかく体に力が入らない。枷のせいだけでなく、全身が鉛のように重くて体をよじるのさえ一苦労だ。

おかしい。今まで酒を飲んでこんな症状になったことはない。ここまでされて目が覚めなかったのも不自然だ。そもそも雨宮とここでビールを飲んでから急激に眠くなって……。

「あのビール……何か入れた……？」

「風邪薬を少し。大丈夫ですよ、あとには残りません」

「……！」

そんなの普通じゃない。さすがに説教をしようとしたが、その機会は与えられなかった。

「こうでもしないと課長は素直になってくれませんから」

雨宮は少し後ろに下がりながら言う。すると黒田の硬くなっていた先端が、雨宮の尻の狭間《はざま》に触れた。

（……ッ!?）

なぜか布地の感触が、ない。

間違いなくこれは直接人肌に触れている。

（な、なぜだ？　パンツははいているはずなのに……？）

思わず雨宮の股間を凝視するが、確かに黒いショーツをはいていて中にモノを収めているのがわかる。なのに後ろに布がない。

（……もしかして前しか布がないのか!?　なんだその不届きなパンツは!?）

要するに、脱がずに行為に及べる穴開きショーツなのだが、人類の英知がそんなものを生み出すとは想像もしない黒田は、泡を噴きそうなほど動揺した。

「ねぇ課長、俺としたいでしょう?」

「……そッ……んなわけ……ないッ」

意味のある返事ができたのが奇跡のようなものだった。すっかり硬くなったものが黒田の意志とは無関係に角度を持ち、今にも雨宮の尻を突き上げそうなのだ。

そんな危機的な体勢なのに、雨宮は艶《あで》やかに笑みを浮かべて悠然と見下ろしてくる。

「俺を逃して、この先誰が課長を満足させてくれるって言うんです? まだ俺を好きじゃなくても、とりあえずキープしといた方がよくないですか? こんな状況で悦《よろこ》ぶマゾなんですから」

雨宮は黒田の昂《たかぶ》りの上にぺたりと腰を下ろしてみせた。やわらかい尻の狭間にきゅっとはさまれ、瞬間、脳内の血がごぼごぼと沸騰《ふっとう》しそうになる。

「こっ、これはマゾじゃなく……ッ」

誰でも興奮する状況じゃないのかと言おうとしたが、雨宮の目がすいっと凶悪に細められ、それに射すくめられる形になった。

「――そう、あくまでマゾを否定するんですか。往生際が悪いですね」

雨宮は低くつぶやくと立ち上がり、ベッドから下りた。何やらがさがさと探している。

雨宮の尻の誘惑から解放されてようやくまともに呼吸ができるようになりながらも、小休止は束《つか》の間だった。雨宮はすぐにベッドに戻ってきて、今度は黒田の腰の脇に陣取った。

雨宮が手に持っていたのは、黒田の鞄に入っていたネームホルダーだった。

「そ、そんなもの、何……」

「これで課長がマゾだってこと、わからせてあげますよ」

雨宮はにぃっと笑うと、その使い方を実践した。あろうことか、黒田の膨らんだ根元をネームホルダーのひもでぐるぐる巻いていく。

「なんッ!?」

そんなところを何かで縛るなんてありえない。とっさにやめさせようとするが、またもビンッと手枷に邪魔される。力ずくで外れないかと暴れてみるが、手も足も鎖の長さ分しか自由にならない。

本当に、動けない。

それを思い知った瞬間、背筋がゾクッとするような感覚が走り抜けた。

(……あ……)

覚えのあるそれに硬直していると、雨宮の手が無情にもネームホルダーのひもをきゅっときつく結んでしまう。その刺激に思わず声がもれた。

「嬉しい？」

「う、嬉しいわけが……ッ」

戒められたそこを見て、ずくんと体が反応する。

いつも会社で首から提げているネームホルダー。そんな毎日仕事で使うものが、よりにもよってそんなあられもない場所に巻きつけられている。その違和感のありすぎる光景がなぜかひどく卑猥《ひわい》に見えて、どくどくと鼓動の動揺が止まらない。

「あれ、くくられただけで感じてるんですか？」

「違……っ」

一番指摘されたくないことを言われ、カァッと体が熱くなった。

会社の休憩室での出来事がまざまざとよみがえる。

もう二度とあんな失態は繰り返さない。マゾは根絶する。そう決めていたのに。

体は、理性を裏切って反応する。

「さて、そろそろマゾ奴隷には、それ相応のことをしてもらいましょうか？」

雨宮はあの不届きなショーツをストリップのように脱ぐと、今度は黒田の頭の横に両膝をつき、半勃ちのものを誇示した。

「これ、課長の口で満足させてください」

「……そんなことはできないっ」

目の前に他人の雄を突きつけられているという状況で、その言葉を口にした理由が生理的嫌悪ではないという事実に、黒田は気づいていただろうか。

雨宮はふっと笑い、「まだ自分の立場がわかっていないようですね？」と動けない哀れな奴隷を見下ろした。

「いいんですか？　俺に逆らうならその手足の枷、外しませんよ？」

——ぞくうっ、と全身の表面が総毛立った。

「な……にを言って……っ」

体の中がじりじりと焦がされるように熱くなっていく。

違う。感じるな。そんなものを拾い上げるな。

「俺はそれでもいいですよ。ここに課長を監禁して、ペットみたいに飼って……ああ、首輪を買いましょうか？　俺の所有物だっていう証《あかし》に。課長はきっと赤い首輪が似合いますよ」

雨宮の細い指がつつっと這《は》わされ、黒田の首を一周する。それだけのことで、黒田は本当に首輪をつけられたような感覚に陥った。

「そ……んなこと、できるわけ」

「……そう思います？」

上から降ってくる妖《あや》しい声に引きずられるように想像する。この小さなベッドにつながれて、雨宮の慰み者にされる自分。時間感覚もなく、来る日も来る日もこの部屋の中という閉じた世界で、ただれた生活を続ける雨宮……。

後ろ暗くも惹《ひ》かれるものを感じた瞬間、はっと我に返った。

（そんなこと……させるわけには……っ）

近づけられる雨宮の雄。同性の徴《しるし》。

それを今から自分が愛撫《あいぶ》するということに強く戸惑《とまど》いを覚えながらも、黒田は恐る恐る口を開いていた。そんな退廃的な生活から雨宮を遠ざけることこそが、今は最優先事項のように思えた。――薬を盛られ、意識がどこか重く、この異常な状況下で、判断力は完全に鈍っていた。

黒田は唇を震わせながら、その勃ちきっていない小ぶりなものを己の口に受け入れた。するとそれはむくむくと育っていき、すぐに口に含むのが苦しくなる。

「舌で先っぽ、舐めてください」

「……んん……う」

雨宮の言いなりに口を使い、舌を動かす。自分でも信じられない。やむを得ないとはいえ、同性の部下の局部を口に含んで舐め回すという破廉恥な行為に加担している。この自分が。

「いい……ですね課長。すごくエロいです」

くわえさせられている時は雨宮の顔は見えないのだが、その声からほんのりと上気した彼の表情が思い浮かんだ。彼の指がじゃれるように黒田の髪をなでてくる。

（……気持ちいい……のか？）

舌先で彼の張り出した部分をつつくと、「あっ、そこっ……」と彼のとろんとした声がもれ、その響きに――戒められている自身がどくんと脈打つ。

思えば、自分から雨宮に何かしたのはこれが初めてだった。

……彼が達くまではどうせ解放されない。

それを言い訳に、いつの間にか黒田は自ら進んで舌を使っていた。

いやらしい水音だけが部屋を満たし、その合間にもれる彼の甘やかな鳴き声に、黒田は一時、我を忘れて彼を舐め回していた。

「課長……」

気づいた時には、熱に浮かされたような声とともに頭を両手でつかまれていた。しっかりと固定され、いきなり喉《のど》の奥までねじ込まれた。

「ッ!!」

えずきそうになり、黒田は必死に耐えた。

だが一度こらえても再び敏感な奥を突かれ、そのたびに黒田はえずきそうになる。

「ふぐぅ……ッ」

苦しくて生理的な涙がにじむ。いいように頭を揺さぶられていて、これではまるでオナホールだ。

だが上から降ってくる息遣いには官能がこもり、口の中のものはまた硬さを増していく。

雨宮が自分に興奮している。それをじかに感じていると、物理的な苦痛さえ甘美に変わっていった。性欲を満たす道具のように扱われているというのに黒田まで昂ってくる。

「あッ……いいっ、課長、課長ッ」

そのかわいくて一生懸命な声に、囚われない方が無理だった。

腰を振る雨宮の動きに合わせて、黒田も唇に力を入れて彼を締めつける。

すると彼はアッ、と切なく声を震わせ、黒田の中で絶頂を迎えた。

どろりと、彼の欲情が口の中にあふれる。

その苦みを躊躇《ちゅうちょ》なく喉の奥にやった。そうすることに疑問さえ浮かばなかった。

粘り気が通過するのを感じながら、ごくりと喉を嚥下《えんか》させる。飲み込んだあとには体がぶるりと震え、何か達成感さえ覚えていた。

そして口の中からそれがなくなり、一息ついた、その時。

「……飲んじゃったんですか？」

行為が終わって目に飛び込んできたのは、雨宮の驚きの表情だった。あの大きな目をさらに瞠り、目をぱちくりさせている。

──あ。

急激に、我に返った。

自分は今、何を。

それを考える前に、目の前で小悪魔が笑みを浮かべた。つけ込む隙《すき》を見つけたとばかりに。

「最初からあれを飲めるなんて、さすがマゾですね」

「ちが……」

「休憩室でした時は俺に飲むなって言ったくせに、自分は飲んじゃうんですね。しかもおいしそうに」

「違うっ……！」

途端、ぐいっと雨宮にアンダーシャツの胸倉をつかまれた。近づけられた顔は雨宮らしくない、どこか切羽詰まったものだった。

「何が違うんです？　拘束されて脱がされてあんなところ縛られて、無理やり口に突っ込まれて、それでぎんぎんに勃ててる状態がマゾじゃなくてなんだって言うんです？」

「……とにかく、違うんだ……！」

つかまれていた胸倉が苛立《いらだ》ちとともに離される。

黒田が否定するのはそう言うしか自分を保つ方法がないからだが、雨宮にはそんなことはわからない。

「……ほんと、強情ですよね課長は。でも、どうやってでも認めてもらいますから」

女王の余裕は薄れ、半ば意地になったように雨宮はベッド脇の床に置いてあったローションを手に取った。黒田の腰をまたいだ状態で膝立ちになり、ぬるぬるした液体を手に垂らし、自身の奥に塗り込める。

「——それは駄目だッ!!」

とっさに鋭く叫んでいた。それだけは駄目だ。絶対にあってはならない。

だが雨宮は耳を貸さず、おざなりに後ろをほぐすと、さっきよりもいっそう硬くなった黒田の昂りをつかんだ。

「前から思ってましたけど、課長のここ、立派ですよね」

舌舐めずりするような声とともに、黒田の劣情が雨宮の後ろの窪《くぼ》みに押し当てられる。

そこはぬるりとぬめっていて、その刺激だけで血管が浮き上がる。

駄目だ、それだけは許容できない。

「やめろ雨宮!!」

その制止は聞き入れられることなく、雨宮は腰を落とす。うなぎが狭いところを好むように、黒田はぬぷりと雨宮の奥まで入り込んだ。

（――ッッ!!）

瞬間、頭が真っ白になった。

その刺激が気持ちよすぎて。

ひもで根元を縛られていなければ、すぐに達していただろう。

自分は今、紛れもなく、雨宮の中にいる。

（なんてことだ……ッ！）

もはや考えられない状況だった。つき合ってもいない相手と、こんな。

「雨宮、駄目だ、抜けッ！」

しかし叫んでも雨宮は聞いてくれない。それどころか黒田にまたがったまま艶めかしく腰を動かし、黒田をさらなる高みに誘《いざな》おうとする。黒田はあまりの快感に呻《うめ》いた。

ひもで縛られていたのは不幸中の幸いだった。このひもがある限り中で出してしまうことはない。

――そう、思えたのはほんの一分ほどだろうか。

あとは刻一刻と絶望的な苦痛となって黒田を締めつけた。

「……あっ……雨宮……ッ」

さっきまで出してはいけないと思っていたのに、百八十度変わる。

出したい。その欲望が何より優先となり、黒田の理性をぐちゃぐちゃにする。

自分を苦しめているのは自分自身だ。萎《な》えればこの苦しみからは解放されるのに、気持ちを静めることができない。頭の中が恥ずかしい欲求でいっぱいという状態を、嘆かわしくも自分で解消することが不可能なのだ。

「どうします？　マゾだと認めたら、そのひも取ってあげますよ？」

「……ッ」

ごくっと唾《つば》を飲み込む。この苦しみから解放されるなら、なんだってしてしまいそうになる。

だが駄目だ。認めたら自分の欲望を雨宮の中にぶちまけることになる。そんなことができるはずがない。死んでもできない。

なのに、残酷な快感が体を貫くようにせり上がる。気が狂いそうだった。

雨宮は無慈悲に腰を動かし、黒田の劣情をこすり上げ、際限なく膨らませる。雨宮の体がリズミカルに上下に動くたびに黒田の苦痛は増し、根元のひもが拷問のように食い込んだ。

「課長はマゾで、俺が必要なんです。そうでしょ？」

「……ッ!!」

口から泡がこぼれ落ちる。とうに限界を超えていた。

きっと雨宮だって、こんな方法で言わせた言葉を本気にしたりはしない。

だが、それでも、言えない。

言ったらきっと、それにつられて自らの中に押しとどめている感情が、全部吐き出される。そうなったら、自分の根幹が崩れてしまう。

いつの間にか手枷の鎖を手繰り寄せ、ぎりぎりと指に食い込ませていた。関節に痛みが走るが無意識なのでやめようもない。

駄目なんだ。君とはつき合えない。

知らぬ間に涙が伝い、頬を濡《ぬ》らしていた。

「私は……マゾ……じゃない……」

欲情にどろどろにまみれた声で、それでも黒田は否定を貫いた。

「……そんなに、俺じゃ駄目ですか？」

雨宮が泣きそうな顔で見下ろしている。だがその表情を見る余裕は黒田にはなかった。

「ここまできて、引き返せるわけ……ないじゃないですか」

そんな自棄の混じったつぶやきとともに、少し、雨宮の腰が浮く。つながったまま、雨宮は黒田を戒める根元のひもを引っぱった。

結び目が解け、締めつけが緩んでいく。それがスローモーションのようにはっきりと見て取れ、黒田は目を剝《む》いた。

「ま……待てッ！」

「課長の初めてを俺にください。全部」

急に経路が確保され、今まで根元でせき止められていた欲望が一気に噴き出す。止める手立てなどなかった。

「あッ……あああああッ!!」

どくどくと黒田の欲望が雨宮の中を汚していく。あってはならないことだった。

その真面目すぎるゆえの罪悪感と、夢想したことすらない快感に翻弄《ほんろう》され、黒田はもう無意識のうちに腰を振った。あとからあとから欲望がほとばしる。

「雨宮ッ……うッ……動くな……ッ」

雨宮は切なそうに笑っていた。

「動いてるのは課長の方ですよ？」

もう何を言っているのかわからない。

黒田が雨宮を突き上げ、雨宮も応えるように腰を動かし、奥の媚肉《びにく》で黒田の欲を一滴残らず搾り取った。

長い放埓《ほうらつ》が終わると、もう何もかもに限界がきていた。

黒田は糸の切れた人形のようにぐったりとシーツに沈み込み、そのまま意識を闇の中に手放していた。


翌日の朝、雨宮は朝食も食べず、会社への道をただひたすら走っていた。

遅刻しそうだからではない。そんな理由ならどんなによかったかと思う。

朝起きたら、黒田はいなくなっていた。

黒田が意識を失ったあと、手足の枷の拘束は解いた。だがそこで睡魔に襲われ雨宮も泥のように眠ったので、黒田がいなくなったことに気づきもしなかった。

昨夜のことを思い返す。

黒田に口で奉仕させて、飲ませて、自分の中に迎え入れた。

最後までした。

その念願を達成したというのに、胸にあるのは充足とはほど遠い空虚な現実感だった。

本当に昨日、自分はそんな大それたことをしてしまったのか。

確かに一時は綿密に妄想していた。だけどそれは一人でにやにやするためであって実行に移す気はなかった。なのに黒田に友達になってくれととどめを刺されて、それでタガが外れて——。

(それにしたって、アフターフォローができてないし……!!)

それが痛恨の極みだった。

本来なら昨日の夜か今日の朝に、黒田を風呂《ふろ》に入れて身繕いをし、タクシーに乗せるところまでするべきだった。それが最低限だ。なのに黒田は一人で起き出して、汚れた体のまま歩いて帰ったのだろう。それを思うと申し訳なくてたまらない。

すれ違う社員への挨拶もなおざりにしながら会社に着き、エレベーターに乗る。真っ先に降りて事務室のドアを開けると、部長代理にばったり鉢合わせた。

いつもなら「ああ、おはよう」とにこやかに声をかけてくる部長代理だが、今日はそそくさと顔を背け、昨日のことなどなかったかのように雨宮の横を通過した。

ああほんとに小物だなと思う。だが感じたのは部長代理に対する怒りより、自分の浅はかさへの羞恥《しゅうち》だった。こんな男に一瞬でもすがろうとした自分こそ、愚かで醜《みにく》い。

それを、課長が気づかせてくれた。

なのに俺は、そんな大事な人を。

雨宮は急ぎ足で自分の課に向かう。だがその奥に黒田の姿はない。

相手の仕事に支障をきたせるなんて最低だ。雨宮のポリシーに反する。

（まさか、休み……？）

（ていうか、課長、ちゃんと家に帰れてる……？）

不安が一気に膨れ上がったその時、パーティションの向こうから黒田がマグカップを持って歩いてきた。

そのいつもと変わりのない姿を見て心底ほっとし、雨宮はとりあえず「おはようございます」と挨拶した。

黒田は何も言わなかった。すっと目をそらし、雨宮の横を通り過ぎた。

どくっと、心臓がその一拍だけで破裂しそうなほど強く、脈打った。

それなりに人の動きはある事務室内の音が、フェードアウトするように遠ざかっていく。

その時初めて。

これまでどんなことをしても無視だけはされていなかったことに、今さらのように気づいた。


その日の昼休みは雨宮の送別会ということで、派遣四人で近くの店に食べにいった。最近オープンしたお洒落《しゃれ》なカフェだ。

だが雨宮は話を合わせながらも、考えていたのは黒田のことばかりだった。

あの人を傷つけた。

黒田は傍目《はため》には平静を装っているが、それでも雨宮にはその装いきれない痛々しさが空気を介して伝わってくる。

どうしよう。どうしたらいい？

そんな堂々巡りの繰り返しだ。

刻一刻と取り返しのつかない事態が進行している気がするのに、何をしていいかわからない。

「じゃあ、私、銀行行ってくるから」

「私は郵便局」

昼食が終わると、佐久間と寺内は別方向に歩いていき、その場に残されたのは雨宮と七瀬だけになった。

「じゃ、帰ろっか」

「はい……」

二人で並んで歩き出す。その時になって七瀬の元気がないことに気づいた。

そういえばさっきも七瀬はほとんど話さなかったし、スイーツ好きのはずなのに、デザートに桃《もも》のアイスが出てきても歓声も上げずにもそもそと食べていた。

「なんか、今日はおとなしいね」

「そ、そうですか？」

「俺が辞めるの惜しんでくれてるとか？」

なんとか冗談を言ってみると、七瀬の表情は途端に強ばった。

「や、そんなに気にしな……」

「私のせいかもしれないんです」

「え？」

七瀬は足を止め、じっと雨宮を見つめた。

「今日、休憩室に飲み物を買いにいったら、伊沢課長が煙草吸ってて、『最近来てなかったね。一人減るから忙しくなったの？』って聞かれたんです。私、レーシックで調子悪かった時によくそこで休んでたので、あの頃いたのはレーシックのせいで、仕事が暇だったわけじゃないですよって言ったら、『え？』って顔されたんです」

そこまで言ったところで、七瀬の張り詰めていた表情が、一気に泣きそうな顔に変わった。

「伊沢課長、多分私を見て、派遣は暇なんだって思ったんです。それなら私をクビにすればいいのに、あの人、女の人にはいい顔したいから雨宮さんをクビにしたんです。絶対そうですっ」

その話だけではなんとも言えないが、確かに伊沢課長は思いつきで行動するきらいがあり、いかにもありそうな話だった。もしそれが真実なら、そんな誤解でクビになるなんて到底納得できない。

だが、それならどうする？

伊沢課長がその誤解を自分から認めてくれればいいが、そううまくいくだろうか。人間誰でも自分の過ちは認めたくないものだ。

雨宮の脳裏に一番に浮かんだのは、黒田の顔だった。

だが……黒田には相談できない。そういう状況に、自分がした。

「私、最初から思ってました。なんで私じゃなくて雨宮さんなんだろうって……私もう、できることならなんでもします。一緒に抗議してもいいし、それで私もクビってことになってもいい……」

「いやそれは駄目だ」

雨宮はきっぱりと言い切った。七瀬まで巻き込むわけにはいかない。

「話してくれてありがと。すごく嬉しい。このことは俺が考えて決めるから、心配しないで」

「……はい」

七瀬は頷き、にじんだ涙を手の甲でぬぐっていた。

しかしそうは言ったものの、雨宮にはなんの当てもなかった。

そのあと、とにかく黒田に謝る機会をうかがったが、その機会は見出せない。

こうなったらと黒田の残業が終わるまでつき合うつもりで残っていたが、雨宮がトイレに行っている隙に黒田は退社し、それを知って愕然《がくぜん》とした。

避けられている。そう考えるしかなかった。


翌日の金曜日、雨宮はさらに打ちのめされることになった。

「出張……」

雨宮はスケジュールを見て呆然としていた。いつの間にか東京出張なるものが入っていて、黒田は金、土と東京に行く。つまり来週の月曜まで黒田に会えない。

八木橋に聞いたところ、出張は別の課長が行く予定だったのが行けなくなって、急遽《きゅうきょ》黒田が代理で行くことになったとのことだった。さすがに雨宮を避けたいがために出張したわけではないようだが、三日間会えないことには変わりない。雨宮はかなりのショックを受け、黒田のことで頭がいっぱいで仕事ははかどらず、おまけに机の上でコーヒーをこぼして散々だった。

やっと長い一日が終わったあと、雨宮はのろのろと帰り支度をし、エレベーターを待っていた。

そんな時、会議を終えた社員がぞろぞろとこっちにやってきた。

その一団に見るともなく目を向け、小さく動揺する。そのうちの一人は黒田の婚約者、若月綾香だった。

「ねっ、若月さん、日曜日、俺らのサッカーの試合があるんだけど、見にきてくんないかなぁ」

若い男性社員が果敢にもアプローチしている。同じ課の誰それと誰それも参加するからと、あくまで社員の親睦をアピールしながら誘っているが、いつ見ても美しい彼女は断る顔さえ優美だった。

「ごめんなさい。その日は市内の水族館に行く約束してるの」

「えっ、誰と？」

すると彼女は、あの星が瞬くような笑顔で「ないしょ」と答えた。

雨宮はエレベーターに乗るのも忘れて、「ペンギンを見にいくの」と言いながら扉の向こうに消えていく彼女を見送った。

別に、なんの根拠もない。友達と行くのかもしれないし、もしかしたら単に一人で行くと言いにくかっただけかもしれない。

けど、これは直感だった。

彼女と水族館に行くのは黒田だと、頭のどこかで確信していた。

日曜日はやや曇り空ながらも雨天にはならず、朝から多くの来館者が訪れる中、雨宮は決然と水族館に乗り込んでいた。

市内の水族館と言えばここしかない。それに、この水族館の目玉であるペンギンのパレードは一日に一度しかないので、その時間には必ず来るはずだ。日時と場所を特定した雨宮は、サングラスと帽子で顔を隠し、まさに万全の態勢で張り込みをしていた。ペンギン広場の前で。

……若干、自分は何をやってるんだろうという気がしないでもない。

ただでさえ金に困っているというのに、こんなことに貴重な金を使ってしまうし、それでやろうとしているのは黒田と婚約者のデートの盗み見なのだから、だんだん自己嫌悪に陥ってくる。

でも、どうしても確かめたかった。

若月綾香は黒田と来るだろう。その際の黒田の様子が重要なのだ。黒田はそもそも専務に言われて仕方なく婚約をしたはずだ。それならすぐに婚約を解消できるはずもなく、今日は嫌々来ただけかもしれない。そこを見定めるのが今回のミッションにおいて最重要事項なのだ。

本当は、自分が黒田に無視されている状態で彼女とのことを見定める意味があるのかどうかは疑問なのだが、要するに雨宮は何かせずにはいられなかったのだ。

ペンギンパレードまであと三十分を切り、小さい子供がわーきゃー言いながら駆けずり回っている中、客たちに油断なく目を配る。黒田と婚約者を捜しながら、黒田はどんな格好で来るだろうと推理してみた。

背広。

……いやさすがにそれはないか。紺のジャケットとかだろうか？

いずれにせよ、生真面目な課長のことだ。婚約者に失礼がないようにと、髪をきちんと整髪料で整え、水族館には浮きまくったお堅い格好で来るに違いない。

そんな想像をして少し微笑《ほほえ》ましく思い、どんな状況だろうと課長の私服は見てみたいという素直な欲望に従って遠くまで目を光らせていると、若い男女のカップルがすっと雨宮の前を通り過ぎた。

……若い男女？

とっさに二人を注視した。ひらひらと揺れるフレアスカートをはいている女性は、若月綾香。そして前髪を下ろした男の方は、会社とは雰囲気がかなり違うが……黒田芳範その人だった。

長袖《そで》のシャツの下に黒いTシャツで、ボトムはジーンズ。堅いどころかまんまカジュアルの黒田には緊張や気負いというものがない。

自然体、という言葉がふっと頭に浮かんだ。

「ほら、ちゃんと間に合ったでしょ」

立ち止まって、得意げに振り返った彼女の顔は、いつもと少し違っていた。隙のないパーフェクト美人というよりは、どこか可憐《かれん》な少女のようだ。

「それは私が綾を散々せかしたからだろ。そうじゃなければ遅れていた」

「私だって、言われなくてもあれぐらいは急ぎました」

「どの口が言っているんだ？」

彼女は頬を膨らませてハンドバッグを黒田の背中にぶつけ、黒田が「痛い」と言いながら笑うのを見て、雨宮は心臓が止まりそうなほど衝撃を受けた。

そこにあったのは、長くつき合ってやっと結ばれましたみたいな、けだるい中にも初々しさのある空気感。

――今みたいに笑わんことないし、冗談も言うとったで。

岩村が言っていた、時々笑うし冗談も言う黒田。その本来の姿を雨宮は初めて目にしていた。

婚約者と二人きりという状況において。

「お父さんったら昨日上機嫌で電話してきてね、よっぽど嬉しかったみたい。東京に出張の時は毎回会いたいみたいなこと言ってたよ」

「毎回は無理だと思うが……わかった。なるべくお義父《とう》さんのところには顔を出すようにする」

お義父さん。

その自然な呼び方に息が詰まりそうになる。婚約は取りやめどころか、順調に進んでいたのだ。

どうして？　なんでそうなる？

課長が岩村に別れると言ったあと、思い直して別れるのをやめたのだろうか。でも課長はマゾでインポなのだから、彼女とつき合ってもうまくいくはずが――。

その時初めて、雨宮は思い至った。

全部、自分の勘違いだったのではないか。

課長はマゾではなく普通にインポで、何かの拍子にそのインポが治って、彼女とうまくエッチできたのではないか。

もしかしたら、もしかしたら自分との関《かか》わりの中で、課長は彼女とうまくいくきっかけをつかんだのかもしれない。だから、真面目な課長は多少なりとも雨宮に感謝して、いろいろと世話を焼いてくれた。友達になりたいというほどの好意も持ってくれた。そう考えればしっくりくる。

なのに自分はそれを勘違いして。

なんてこと、してしまったのだろう。

「あ、写真撮ろうよ、写真」

「まだペンギンは来ていないぞ」

「二人で撮っとくのっ」

彼女に言われて、黒田は渋々……でもなく普通に近くの人に写真撮影を頼み、彼女と並ぶ。彼女は手をちょきにしてさりげなく黒田の体に寄りかかり、黒田はそれを気にするでもなく彼女を見下ろして、何か吹っ切れたように笑っていた。

雨宮は突っ立って、ただそれを見ていた。

出ていって、課長が好きだと泣きつくことさえできないことに愕然とする。

覚えがある感覚だった。

風俗時代、客と外で会っても話しかけないのがマナーだった。

雨宮を熱烈に口説《くど》いてくる自称独身の客が、妻子を連れて家族サービスをしている場面に出くわした時、相手は素知らぬ顔でこちらを無視した。ああそういうことかとこちらも同様にして、つきんと胸が痛んだ。

雨宮は、その客のことが好きだった。

だけど自分なんてその程度の存在だったんだとわきまえた、あの時とよく似ていた。

——なんであの時と同じ立場なんだろう。

もう風俗からは去り、表の世界で生きていたはずなのに。

それは、婚約者がいるような人を、好きになったからだ。

雨宮はふいと背中を向け、もうすぐペンギンパレードが始まるというアナウンスが流れる広場から逃げ出すように足を動かした。

ゴロロロ、と遠くで雷が鳴り始める。いつの間にか雲行きが怪しくなっていて、空が急に暗くなる。

早く帰らないと、と歩き続けるが、走る元気はなかった。水族館を出たところでぽつぽつと雨が降り出し、冷たい雨が肩口を濡らしていく。

自業自得だった。

騙《だま》されたわけでも秘密にされたわけでもなんでもない。自分は最初から課長に相手がいると知っていた。知っていて、好きになった。

自分はなんのために裏の世界から抜け出したいと思ったのだろう？

表の世界での自立。それが目標だった。慎ましやかでも誰にも後ろ指を差されず、胸を張って生きていきたいと思った。だが、そう思った根幹はなんだったのか。

風俗にいた時の稼ぎは今とは比べ物にならない。月給が百万を超えた時だってある。店長の勧めもあり、風俗で一生食べていけばいいと思った時期もあった。

けれど、いつしか虚《むな》しくなった。

客との関係はすべて嘘《うそ》だ。女王様ともてはやされても自分はパートナーでもなんでもなく、ただ一夜の快楽を与えるだけの行きずりの相手だ。リピーターになってくれても数ヶ月や一年単位で見ればいずれ離れていく。

人との関係を築いても築いても端から綻《ほころ》びていく。回転の速い業界なのでウリ仲間も次々に変わっていった。もし五年、十年と続けたその時に、自分にどれだけのつながりが残っているのだろう。そう思って、店を辞めた。

うわべだけでなく、嘘偽りでなく、人と誠実なつながりを築きたかった。それを求めて表の世界に戻ったのだ。

ああ、だからこんなにも課長に惹かれたのだと、今になって気づく。

真面目で誠実な課長が好きだった。知れば知るほど好きになった。

なのに自分は最初から間違えた。

課長はマゾだから彼女とはうまくいかない。そう決めつけて、ずっと——自分の横恋慕を正当化しようとしていた。

体に打ちつける雨粒が大きくなり、勢いを増し、大雨の中ずぶ濡れになりながら歩いた。

辺りを埋め尽くす雨の音に紛れて、雨宮は声の限りに泣いた。


黒田は会社名を告げた途端に一言もなく切れた電話に、首を傾《かし》げていた。

翌日、月曜日の始業前だ。

課の直通番号にかかってきて、間違い電話というのは珍しい。

取引のある業者が別の課にかけようとして間違うということはあるが、それなら一言すみませんという言葉があるものだ。

だが――電話に対して何か思ったのはそれだけで、受話器を置いた瞬間にはその電話のことは意識から消えていた。
そんなことより、月末までにどうしてもやらねばならない案件が残っていて、黒田は今はそれだけに集中していた。

受話器を置いた雨宮の心臓は、まだばくばくと跳ねていた。

昨日泣きすぎたせいで朝起きたらまぶたが腫《は》れ上がっていて、目はうさぎのように真っ赤だった。この顔では会社に行けないし、黒田と同じ空間にいて普通に振る舞える自信もない。それで休もうと思って会社に電話したのだが、応対に出たのが黒田だったため反射的に電話を切ってしまった。

(あ……謝るチャンスだったのに……)

それに気づき、またへこみながら恐る恐るもう一度電話したら今度は八木橋が出てくれて、雨宮はどこかほっとしながら休むと伝えた。

「あ、もしかして、有給消化に入るのかな」

「いえ、そうじゃないんですけど」

「そっか。まだ聞きたいことがあったから……」

いよいよ終わりの日が近づいているからか、八木橋の声には少し寂しそうな気配がにじんでいる。そんな声を聞くと悲しくなってきて、「じゃあ、明日出社した時に伺いますね」と急いで切り……雨宮の頭には有給消化の文字が残った。

月末までの営業日は今日を除いてあと四日だが、雨宮の有給はそれ以上あるので、残りすべてを有給にすることも可能だった。それに仕事の引き継ぎもすでに済ませてある。

明日行って挨拶したら、辞めよう。

魂の抜けた頭でそう決めてしまうと、こだわりがすうっと消えていく。今の派遣先に対する未練も、表の世界で生きていくことに対するあがきも。

だけど、黒田に対する想いは消えない。

しかし今さら何ができるわけでもなく、その日一日だらだらと過ごした。夕方になって、何か挨拶の菓子が必要なことに気づいて買いにいき、店を出たらまた雨が降っていた。

それから、どこをどう歩いたのかあまり覚えていない。商店街のアーケードを歩いて帰ろうとしていたはずだったが、気づいたらそこに戻ってきていた。

歓楽街の隅にある、アンダーパラダイスの看板の前に。

久しぶりに訪れた古巣は、廃《すた》れてもいないし盛況というわけでもなく、常連たちが集うたまり場みたいな雰囲気はそのままだった。

地下一階にあるここアンダーパラダイスは、バーとして酒を提供しながら、店内にウリセンのボーイを常駐させている。客は気に入ったボーイがいれば、そのボーイと酒を飲むなり個室に入るなりホテルに行くなりして楽しむ、というのがこの店のスタイルだ。

クラシックな曲がほどよいBGMで流れ、ムーディーな雰囲気の中、若いボーイの楽しげな笑い声が響く。もちろんボーイが飲む酒は客のおごりだ。あのボーイ、すっごい高い酒注文してたなぁと横目で見ながら、雨宮はカウンターで安酒をあおっていた。

「今一番の売れっ子だよ」

黒い蝶《ちょう》ネクタイに黒いベスト。その見慣れたバーテン姿の店長が、カウンターの向こう側でグラスを磨きながらそう答えた。

「へぇ。かわいい子だったね。若いし」

「レイン女王様ならもっと売れるさ。戻ってこないのか?」

「……」

月末で仕事はお払い箱だし、次の就職先も見つかっていない。ここに一歩足を踏み入れた時に店のけだるい空気が体に馴染《なじ》む感覚もあり、ああ帰ってきたなと思ったりもした。だが——どこか、思い切れない。

「まあいいさ。とりあえず、その失恋面をなんとかするのが先だな」

雨宮の顔はひどいものだった。ここに来てからずっと泣きながら酒を飲んでいるので、涙と鼻水でぐしょぐしょだ。馴染みの客もいるのにレインだと気づかれないのはそのせいもある。

「というかお前ね……薬盛るのはやばいだろ。犯罪だぞ」

「え？　風邪薬でも？」

店長はそんなことも知らなかったのかと、哀れみの目で見下ろしてくる。

「どんな薬でもだ。風邪薬でも下手したら死ぬよ。吐いたものが喉に詰まって窒息《ちっそく》とかで」

「えぇえ!?」

寝耳に水とばかりに雨宮は驚愕《きょうがく》した。そんな恐ろしいことを自分は黒田にしてしまったのか。

「じゃあ俺、非常識って思われた……？」

「それ以前に、会社で手コキとかありえないから。お前、エロビ見すぎじゃないの？」

よくそれで最後まで勤められたよなと呆《あき》れられ、雨宮はえ？　という顔をした。

「いやだって、え？　やるんじゃないの？　女王様なら」

「だからそれがエロビの見すぎなんだって。女王様だろうがなんだろうが、常識ある社会人なら会社でそんなことするわけないだろ」

雨宮はさぁっと青くなっていく。難しい場所であえてプレイを敢行するのが女王様の心意気だと思っていた。

「いやだって、課長はマゾだよ!?　真性の!!」

「と思ってて違ったんだろ？」

「そうだった……!!」

もはや迷惑以外の何者でもない。あああああと、雨宮はカウンターに突っ伏して頭を抱えた。

「しっかし、ノンケだろ、あの課長さん。よくそんなの許してたよな……」

それはきっと、課長が度が過ぎて真面目だからだ。

あの人は自分の気持ちを大事にしない人だから、自分さえなかったことにすればと思って対処してくれたのかもしれない。そう思うとますます胸が痛んだ。

それからも雨宮はずびずび泣きながら居座っていたが、店に入って二時間ほど経ち、明日も仕事だということを思い出した。それでのろのろと帰ろうとしたのだが、その時になって異変に気づいた。

……立てない。酒が回って。

「ちょっ、なんかおかしくにゃい？　立てにゃいんらけろ」

「ああ、アルコール度数きつめにはしたけど、そんなに足にきたか？」

「はぁ？　最後にょ方、ソフトドリンク注文しちゃのになんれ」

「そんなのお前に飲ませるわけないだろ。こんな時に」

カウンターから出てきた店長が、当然の流れのように雨宮を横抱きにする。いわゆるお姫様抱っことというやつだ。それで店長が足を向けているのは、客とボーイが利用する個室だった。

「ちょっ……そんなつもりで来てにゃい……ッ」

慌てて拒もうとするが、力が入らない。これは相当強い酒を飲まされている。酔い方が部長代理に飲まされた時の比ではない。鼻水で味がわからずに飲んでいたのが災いした。

「怒るな。高い酒飲ませてやったんだから」

「味わかんにゃかったしッ」

「なぁいいだろ？　いい思いさせてやるよ」

その言葉が、なぜか今日は違和感を持って心に引っかかった。

「……よくにゃい。俺に飽きて捨てたのはそっちらん」

「そうなるのか？　そんなつもりはないんだけどなぁ」

こういう男だというのはわかっていた。だからといってつき合いをやめたいと思うほどは憎めないところがあり、実は別れたあとも何度か体を重ねていた。この半年ほどはなかったが、新しい技や道具の研修を口実にとか、罰ゲームをしていてそのままノリでとか、酒に酔ったところを狙われるとか、毎回くだらないなりゆきだ。

店長はうまい。どんなにこちらに気がなくても、最後はその気にさせられてしまう。それにこの男は病気をもらうようなへまはしないからノーリスク。今日は自分の愚痴も聞いてもらったんだし、まぁいいかとなってしまうのがいつものことなのだが。

――君はもっと、自分を大切にすべきだ……！

黒田の本気で心配する苦い顔が脳裏をよぎった。

自分の体を大切にするなんて、忘れていた。

なりゆきで体を重ねて、確かに何も減らないし損もしないのだが、自分はどうせこういう人間なんだというほの暗いイメージがいつの間にか心に巣食っていた。だから表の世界で生きていたのに、すぐこんな古巣に戻ってしまうのだ。

自分は結局、仕事だけ表にして、性根は裏のままだった。

本当に、課長と、違う世界で生きてしまっていた。

もうこんな俺のことなんて、課長はどうでもいいだろう。

だけど。

あの時にしてくれた課長の心配は、本物だったから。

俺に一瞬でもそんな人がいてくれたというだけで——それだけで、充分、奇跡に値する。

雨宮は拳を握り締め、ぐっと力をためた。

「やらっつってるやろっ、離しぇっ」

勢いをつけ、店長の胸部を思いっきりグーでバンバンと殴りつけた。

しかし店長は鼻で笑うだけだ。酒が回って威力半減の上、小柄な雨宮とは体格差もあり、店長はまったく堪《こた》えていない。

「燃えるな。なんだ、嫌がる演技か？」

（通じてねぇー!!）

「はいはい、わかったわかった。今日は優しくしてやるから」

「んにゃの言ってにぇえだろっ」

「お前、酔うとかわいいな」

（人の話聞けーーッ!!）

これまでの雨宮の言動が災いして、店長にはまったく伝わらない。それどころか、いつになく上機嫌で笑っているぐらいだ。店長がこんな様子なので周りの人間も深刻に受け止めない。そもそも手は早いが、去る者は追わないという定評のある男だ。

ああきっと課長もこんな気分だったんだと、今になって雨宮は合意なしに結合したことを死ぬほど反省した。課長を満足させられる自信があったがゆえに数々の狼藉《ろうぜき》を働いてきたが、たとえテクがあっても嫌な時は嫌なのだ。

体だけが気持ちよくても駄目だ、人間ハートが大事なのだ。

（ごめんなさい、課長……！）

じたばたしたせいで酒が急激に末端まで巡り、体がぐったりとしてくる。そこで個室に着き、もう駄目だと思ったその時。

「雨宮！」

——聞こえるはずのないその声が、後ろから聞こえた。

（え……？）

店長が振り返ったので声の主が雨宮にも見える。ワイシャツにスラックス姿で背が高く、いかにも生真面目そうなオーラを全身から放ちながらこちらに走ってくる男がいる。間違いなく黒田である。

なんで課長が、ここに……？

間近まで来ると、いつも整えている前髪が跳ねていて、はぁはぁと息が上がっていた。なんで課長、息が切れてるんだろう。どこから走ってきたんだろう。

「ああこんばんは、課長さん。……こいつと待ち合わせでもしてました？」

店長もなぜ急に課長が現れたのかと驚いている。何せついさっきまで雨宮から課長に振られたという話を延々聞かされていたのだ。

「待ち合わせはしていないが、話があって捜していた」

（話……？）

そう聞き返そうとしたが、舌がうまく動かなくて言葉にならない。黒田の方に向けていた顔も維持できず、がくんと頭が後ろに仰《の》け反《ぞ》るように垂れてしまう。

「そうですか。でも今日は潰れてるので話は無理そうですね。ああご心配なく。こいつはこちらで介抱しておきますので」

「そうはいかない」

息を整えながら、黒田は抱きかかえられている雨宮を見、店長を見た。

「雨宮の意思を確認できない以上、こういうところに置いていくことはできない。連れて帰ります」

店長は少し目を見開くと、ふんと鼻を鳴らした。相手が気に入らない時に見せる態度だ。

「こいつ、今日は俺を頼って来たんですよ。さっきまで一緒に飲んでましたし。面倒《めんどう》なら俺がみます」

「さっき、そこの部屋に入ろうとしていたな？　泥酔した客を個室に連れ込んで何をするつもりだった」

また二人の険悪さが増し、あああああっと雨宮はパニクっていた。仲裁したいのにできない。意識はあるのに動けないのだ。

しかし幸いにも、先ほどは店長の行動を気にとめなかった周囲の客たちが何事かと好奇の目を向け始め、チッと店長は舌打ちした。

店のトラブルを収める立場にいる店長が、その渦中にいると思われるのは得策ではない。それに、そろそろ腕力に限界がきていた。個室の前で雨宮を下ろすつもりだったのに、そこに黒田が来たからだ。そもそも抱かれている側が首にしがみついているならともかく、そのサポートもなしに長時間できる抱き方ではない。それでも、店長はまだ意地を張った。

「……そっちこそ、ただの上司のくせに干渉しすぎじゃないですかね？　こいつも迷惑してますよ。偉そうに出ばってきても、課長さんとの関係は月末で終わりなんでしょう？」

「そのことだが、契約終了の話は取りやめになった。だからもう雨宮を勧誘しても無駄だ」

——え？

雨宮と同時に店長も息を呑《の》む。その瞬間を黒田は逃さなかった。

最後の一歩を詰め、店長が支えきれなくなっていた雨宮を奪い取る。雨宮は黒田の腕にしっかりと抱きとめられた。

信じられなかった。

そんな、そんなことまで、課長が。

雨宮はもう、すがりつくように黒田の首に両手を回す。安定した横抱きになり、黒田は雨宮を抱きかかえたまま歩き出そうとした。

「——待ってくださいよ、課長さん」

店長が黒田を呼び止める。

その声には悪意のある笑みが混ざっていて、雨宮はぎくりとする。

振り向いた黒田に、店長はこれでとどめだとばかりに蠍《さそり》のような目を向けた。

「言わないとわかんないですかね？　俺とこいつは今でもセフレなんですよ。この前おかしいと思いませんでした？　なんで別れた相手といまだに会ってるんだって。そういうことですよ」

（……ッ！）

雨宮にセフレという認識はなかったが、店長の言っていることは嘘ではなかった。別れても時々食事をし、多少だまし討ちのように抱かれてもまあいいかと許してしまう。そういうルーズなつき合いをしてきた。それを問題だと思ってもこなかった。

一瞬にして黒田の息遣いに怒気が混じり、雨宮は震えた。完全に軽蔑された。もう駄目だと思った。

——だが。

「恋人と言い張るならまだしもセフレだと？　だからなんだ」

ドスの効いた黒田の声が、地を這うように低く響く。

とどめになるはずの情報は、真面目な黒田の逆鱗《げきりん》に触れる結果になっていた。

その言葉に目を瞠る店長に、黒田が宣告するように言い放つ。

「セフレならもう、必要ない」

（………………っ！）

雨宮は泣きそうになる。

そう、自分はもう、セフレとか、そんなものがまかり通る世界からは足を洗うのだ。そして今度こそ、黒田と同じ世界で生きていきたい。

店長は呆然と黒田を見ていたが、やがて……くっくっと投げやりに笑った。

「ほんと、あんたはいけすかないね。最初っから」

店長は負けを認めるように両手を挙げると、顎《あご》をしゃくり、さっさと行けと促した。

来た時にはしとしとと降っていた雨は、店を出た時にはもう、綺麗にやんでいた。


雨宮は今、広いベッドの上に横たえられている。

黒田は店から出ると、満足に歩けない雨宮を休ませるために、近くのラブホに運んでくれた。

奇《く》しくも、最初に黒田を連れ込んだあのラブホだ。

「水、飲むか？」

黒田が二杯目の水を持ってきてくれたので頷き、上半身だけ起こして飲む。そのあとはまたベッドに横になったが酔いは少し収まってきていた。元来、酒は強い方だ。

ベッドに腰を下ろし、心配そうにしている黒田を雨宮はまじまじと見上げた。

まだ、信じがたい気持ちだった。

黒田には先週ひどいことをしてしまったのに、古巣にまで駆けつけてくれて、今もこんな世話を焼いてくれている。それに。

「課長、あの……」

戸惑いがちに声をかけると、黒田は雨宮が聞きたいことを察したようだった。

「ああ、契約終了の取りやめはな、今日決まったんだ」

「そう、なんですか……?」

うんと頷き、黒田はほっとしたように目元を緩ませた。

「君の仕事に対する姿勢を見て、やはり今回の処置は間違いだと思ったんだ。それでコスト削減は別の方法で達成すべきだと他の課長の説得を続けていた。伊沢課長は最後まで渋っていたが、今日七瀬さんが伊沢課長の勘違いの可能性を教えてくれて、その話を持ち出したら遂に折れたよ」

その話に、胸がいっぱいになる。

「七瀬さんのお手柄だな」

込み上げてきた涙をにじませながら雨宮は何度も頷いた。もちろん七瀬にも感謝するが、あんなことをしでかした自分なんかのために黒田はそこまでしてくれた。それがありがたくて、申し訳なくて、いたたまれなくて。

「それを知らせようと思って君のアパートに行ったんだが留守で、何か嫌な予感がしてあの店に行ったんだ。……行ってよかった」

そんな優しい声を聞いたら、勘違いしそうになる。

セフレならもう、必要ない。

それが別の意味にも解釈できるような気がして——だけど、すぐに昨日の水族館でのことが鮮明に脳裏をよぎり、胸がぎゅっと苦しくなった。

仲睦《なかむつ》まじく写真に収まる黒田と綾香。自分はそれをただ見ていただけ。

それが自分と黒田の関係なのだ。

雨宮はなんとか動くようになった体を起こしてベッドの上に正座すると、シーツに手をついて頭を下げた。

「なん……」

「課長、すみません。俺、課長の気持ち考えずに、無理やりして……っ」

どんなお叱りも覚悟していた。いや、こうして謝れただけでも感謝しなければいけないぐらいだ。

しかし雨宮に与えられたのは叱責《しっせき》でも説教でもなく、そっと雨宮の頭をなでる、いたわるような手の感触だった。

思いも寄らない行為に顔を上げると、黒田が少し困ったように笑っていた。

「それはもう、いいんだ」

「……よくないですよっ！」

思わず雨宮の方が大声を出していた。

「だって俺のせいで課長が、課長がっ、若月さんに秘密、持つことになって……っ！」

真面目な黒田のことだ。いくら無理やりされたとはいえ、雨宮と最後までしたことを気にしないはずがない。

「それは……」

「お、俺、昨日、水族館に見にいったんです。課長と若月さんのデート……」

「……っ」

もう洗いざらい、全部話そうと思っていた。

「仲いいんですね、びっくりしました。課長、若月さんのこと若いとか言ってましたけど、お似合いでしたよ？　前髪下ろしたら課長、すっごい若く見えるし」

余計な言葉が口をついて出ていく。何を言っているんだろう。顔は勝手に引きつれるような笑みを浮かべ、じわっと目に涙が盛り上がった。

「覗き見なんかしてすみません。俺、ほんとに最低です」

今度はシーツに額をすりつけて謝った。

「いやっ、顔を上げてくれ。そこまで……」

「ほんとにあの晩のことは、課長は悪くないですからっ。合意じゃないから絶対浮気じゃないですしっ」

頭をすりつけたまま必死に言い続けた。

「犬に嚙《か》まれたと思って……そうです、俺ほんとに畜生です、人間のクズです、ごめんなさいっ、ごめんなさ……」

謝っている途中で頭の後ろをつかまれ、顔を上げさせられた。

「綾とは別れた」

黒田の大きな手は、こちらを見ろとばかりに雨宮の頭をつかんでいる。雨宮は呆然と黒田を見つめた。

「水族館は前から約束していたから連れていっただけだ。綾のことはかわいいと思っていたが、異性として好きにはならなかった」

「いや、でもっ、課長、専務のこと、お義父さんって……っ」

「専務は……母の再婚相手になる予定だったんだ」

その声は、一際静かに部屋に響いた。

思いもしなかった関係に目を瞠る。

黒田の手がひとなでして、雨宮の頭から離れていった。

「じゃあ、若月さんって……再婚相手の連れ子……？」

黒田はここにはいない綾香に申し訳なさそうに、「そうだ。そういう認識から変わらなかった」と答えた。

どき、どき、と途端に胸が甘くときめいた。

それなら、もう、なんの障害もない……？

今のこの状況を、急に意識する。

ラブホで、ベッドの上で、こんな近い距離で。

シーツについている手の指先が、小刻みに震えた。

「課長、じゃあ、あの、俺、俺のことは、どう……思って………？」

さっきは強制的に目を合わさせたのに、今度は黒田が目を伏せた。抑えたほの暗い照明の下で、唇を嚙む黒田の顔には迷いがにじんでいた。

「……先週のこと、謝らないといけないな。無視して君を傷つけた」

「え？」

いやそれは俺が無理やりしたからと言おうとしたが、先に黒田が続けた。

「君と一線を越えてしまって、どう接していいかわからなくなった。……君は私の願いを映す鏡のようだ。私がしたいと思うことは全部君に伝わってしまう。だから君と話すことも、目を合わせることも、避けなければならないと思った。そうしないと、君はまた私の勝手な欲望を汲《く》み取ってしまう」

「……」

それって、それって……？

「それで君を避けていたが……君、今朝電話をかけてきて、私が出たら切っただろう？八木橋から君が休むと伝えられて、それで気づいて……すごくショックを受けた。契約継続のことがなくたって君のアパートには行っていた。それで君がいなくて、君と関係のある場所なんてあの店しか知らなくて……」

「課長」

今、この瞬間を逃したくなくて、雨宮は夢中で手を伸ばし、黒田のワイシャツの袖をつかんだ。

「俺のこと、欲しがってくれてるんですか」

「無茶を言うな。男同士だろっ」

黒田は眉をハの字に歪め、追い詰められたように訴えてくる。欲情に目を潤ませているくせに拒んで、拒みきれなくて、すべてを吐き出す。

「責任が取れない……ッ」

その一言に、今まで課長が言えなかった気持ちが全部、詰まっていた。

肩を震わせて、最後のあがきまで真面目な課長がかわいくて、愛《いと》しくて、どうしようもなかった。

課長を縛っていた呪縛《じゅばく》を、やっと見つけた。

「そんなもの、一生取らなくていいですから」

「そういうわけにはいか……」

「もういいじゃないですか」

黒田の言葉を遮って、伸び上がるようにして両手を黒田のうなじに回した。

責任にがんじがらめになった、頑《かたく》なな課長。

そんな課長の気持ちを解きほぐすように、雨宮は笑った。

なんでこの人は、こんなに複雑に悩めるのだろう？

シンプルで、単純なことなのに。

黒田の目と鼻の先で、雨宮が微笑む。黒田から見れば、自由で、気ままで、奔放な笑顔で、雨宮はいとも簡単にすべてを突き崩す。

「課長は俺のことが好きですよ」

黒田は呆然と目を瞠り……次の瞬間にはぐしゃりと顔を歪めた。

変えられないと思っていた。いや、変えないと決めていた。

それは自分の根幹であり、生き方そのものだ。

父のようにはならない。責任が取れないことはしない。絶対に。

……それが自分だったはずなのに。

黒田はもう、何もかもを振り切るように雨宮の頭をつかみ寄せ、唇をふさいでいた。

「ん……っ」

黒田の少しかさついた唇が、雨宮の唇に押しつけられる。

ぎこちないキス。

赤く染まる目元。

そして背中に回った腕が強く雨宮を抱き締める。

黒田のすべてが全身で、想いを伝えてくるような口づけだった。

誘うように唇を開くと黒田の舌が入ってきて、雨宮は狂喜に身を震わせながら熱い舌を絡ませた。

もう離さない。離したくない。

思う存分互いの中を貪《むさぼ》り合う。しばらくして唇が離され、惜しむように目を上げると、黒田はそれだけでは満足できなくなったという顔で襟元のノットに指をかけ、自身のネクタイを引き抜いた。雨宮の肩をつかみ、シーツに押し倒す。

黒田のひたむきなまなざしが真上から雨宮に注がれた。

「……え、俺が下ですか？」

「駄目か？」

そう言いながら、黒田の手はすでに雨宮の上着のボタンを外し始めている。

(駄目っていうか……あれ？　課長って結局どっち？)

雨宮は混乱しながら思考をまとめる。さっきまで課長はマゾじゃないと考えていたのは、婚約者とうまくエッチできたのだと思っていたからだ。だがそうじゃないとすると、やっぱりマゾのはずなのだが。

「あの、課長ってマ……」

「今日は私にさせてくれないか、全部」

雨宮の言葉を遮るように黒田は一息に言った。

黒田の手がボタンを外し終わる前からするりと中に入り込み、雨宮の胸に触れてくる。

最初はあまり引っかかりもなかったそこは、触られると芯《しん》を持ち始め、いくらも経たないうちに快感にぴくんと震えた。

「……っ」

その雨宮の反応を黒田がじっと見下ろしている。自分が雨宮にされたことが、雨宮にも有効だと確認しているようでもある。

黒田はさらに雨宮の服を剝き、小さく尖った乳首に口づけ、舌先でつついて輪郭を浮き上がらせていく。雨宮が身じろぎをしようとすると動きを遮るように甘く歯を立てた。

それは、最初にラブホで雨宮が黒田にほどこした愛撫だった。

（課長、そんなの覚えてるんだ……っ）

経験のない黒田としては、まず模倣から始めているのだろう。だけど、真似《まね》るだけでは終わらない。

もう片方の乳首もはだけさせられ、黒田の指がつつっと肌を滑る。だがそっちはすぐには触れてもらえず、触るか触らないかのところをなでられ、焦《じ》らされるという仕打ちに遭う。それで雨宮はついもぞもぞと体を動かすのだが、そのタイミングを狙ったようにぴんと尖りを弾かれて、「あっ」と小さな声がもれた。

途端、急に顔が火照《ほて》ってくる。たったそれだけのことなのに。

（な……なんか、なんかっ、恥ずかしい……っ）

女王様歴が長いので、受け身で愛撫されるというのはどうにも落ち着かない。雨宮も何かしたいのだが、上に乗られてしまうと意外に動きが取りにくかった。結果、自分が感じることに集中させられ、それがますます落ち着かない気分にさせる。

「あの、そんなに丁寧にしなくても……」

「感じないか？」

「いえっ、そうじゃないんですけどっ」

（い、意識しすぎて困るというか……？）

さっきから黒田に見られている。自分の顔も反応も、粒のように膨らんだ乳首も。

「おっ、男の胸見ててもつまらなくないですか？」

「そんなことはない」

力強くそう言われ、今度は同時に両方を親指と人差し指でつままれた。

「あッ」

くりくりと指の間で転がされ、なでられ、ぎゅっと強く押し潰される。その刺激にまた声が出そうになり思わず唇を噛むと、黒田の目にいっそう欲情が宿った。

「君は……かわいいな」

「え⁉」

その言葉にどきんとする。

アンダーパラダイスに入った当初、かわいい系で売り出して大して売れなかったため、かわいいと言われても微妙な気分にしかならない雨宮なのだが、黒田に言われると全然違うふうに聞こえる。

いつの間にか服のボタンはすべて外され、ズボンも黒田に脱がされた。下着にも指をかけられ、思わず雨宮は待ったをかけるように下着のウエストをつかんでいた。

「ぜ、全部下ろしちゃうんですか？」

「……いけないか？」

（って、何言ってんだ俺⁉）

脱がなければできないではないかと雨宮は慌てて手を離す。黒田はそれを許可と受け取り、熱のこもった目を向けながら雨宮の下着を下ろしていく。それがまたどうにも気恥ずかしくてたまらない。大したものじゃないのに。

下着を剝ぎ取られると、その小ぶりなものはすでに勃ち上がり、ふるふると震えていた。

「勃ってる……」

まるで子猫の喉をさするように大事そうにそれをなでられ、ぬぅあああああっ!! と今すぐベッドから転がり落ちたくなった。だが黒田が上にいるのでそれはできない。

「な、な、なんか駄目ですッ！」

雨宮は横の方に追いやっていた掛け布団をつかむと、がばっと自分の上にかけて黒田の視界を遮った。

「何が駄目なんだ?」

というか、実際は黒田の上に掛け布団をかけて、中に閉じ込めたと言った方が正しい。

掛け布団の中から黒田のくぐもった声がする。出てこようとするのでとっさに布団を押さえつけた。

「だ、だって、俺は女王じゃないですか。なのに俺がこんな受け身じゃ駄目です！ イメージ保てないです!!」

「……私にされるのは嫌ということか?」

「いえっ、そうじゃなくって、なんていうか俺、そんな特別な体でもないし、モノも大したことないし、女王様しないならテクもないし、使い古しのウリセンのボーイで、しかも最初売れなくて……」

言っていて自分で気づく。

要するに女王をしないなら、雨宮には何も自信がないのだ。

だから今まで課長がマゾということにこだわってきた。それだけが唯一、雲の上の存在のような課長と自分がつながれる接点だったから――。

「雨宮」

手の押さえつけが緩んだところで黒田が布団から顔を出し、そのまま雨宮の小柄な体はぎゅうっと黒田の胸に抱き込まれた。

「君はもう、充分すぎるほど特別だ」

恥ずかしくて、腕の中で窒息しそうだ。

大切にされているのがわかる。それが本当に慣れなくて。

「お、俺、女王テクがあるから、だから、それで、課長の特別になれるって思ってて」

「……それで、あんなに女王女王ってアピールしていたのか」

黒田が向けてくる目が優しくなり、さらに強く抱き締められた。

「そんなものなくても、私は君が好きだ」

その言葉にジン……と胸が熱くなる。自分をくるみ込んでいる黒田の体温が泣きたくなるぐらい心地よかった。

それから布団を剝がされ、再び黒田に押し倒された時、もうその体勢に異議を唱えることはなかった。雨宮がずっと思い描いていたのは、「もっと虐めてください」と求められることだったけど、黒田に求められるならどんな形でもいいと思った。

「足、開いてくれるか」

黒田に言われ、雨宮は仰向《あおむ》けのまま膝を立てておずおずと足を左右に開く。局部を見られることとぐらい慣れているはずなのに、黒田の視線をじりじりと感じ、火にあぶられるように体が火照った。

ローションをたっぷりと垂らした黒田の指が後ろの窪みにあてがわれ、つぷりと中に入れられる。

「……こんな感じでいいか?」

「はい。中で指を動かしてくれれば、そのうちほぐれますから」

ほぐすのは自分でするつもりだったのだが、黒田がすると言うのでしてもらっている。

「広がってきたら、指を増やしてください」

「……わかった」

難しそうに眉が寄っている。多分、次からは教えを乞《こ》わなくていいようにと、感触とかを覚えようとしているのだろう。

(初めてって、いいなぁ……)

黒田の様子が初々しくて、そのたびにきゅんとくる。黒田の初めては前回になるのだろうが、黒田が自分の意志でするという意味では今回こそが初めてだ。

黒田の指が手探りで、だけど熱心に中をほぐしてくれる。

黒田が積極的なのがこんなにも嬉しい。それだけでだんだん興奮しかけていると、黒田の指がいいところに当たり、雨宮はアッと声を上げた。

「……ここがいいのか?」

黒田が同じところを指で往復させると、雨宮の前がふるっとねだるように動く。一回り大きくなり、黒田はそんな変化を無言で凝視している。

どうやら、感動しているようだった。

「え、あのっ、べ、別にこれ、珍しい現象じゃ……っ」

最後まで言う前に再びそこをこすられ、体の内部が一気に燃え上がるように熱を帯びた。

「あのっ……もう全然いいです……挿《い》れてくれて……」

「いいや、まだ狭い。もう少し広がらないと入らない」

「いや……ほんとにもう……っ」

いつの間にか二本に増やされていた指で中をこすられ、かき回されてもうぐちゅぐちゅで、ほぐされすぎて変な感じになってくる。

「課長……もう、中……、中に欲しい……っ！」

雨宮の切羽詰まった声で黒田はやっと指を抜き、その時になって自分がネクタイ以外何も脱いでいなかったことに気づき、焦れたように脱ぎ始めた。ワイシャツもアンダーシャツもズボンも下着も床に脱ぎ捨て、ありのままの姿になる。

（……っ）

その腹につきそうなほど昂っているものに雨宮は息を呑む。少なくとも最初に抱いた、虐められないと勃たないほどのマゾ、という認識は誤りだったようだ。

黒田はそのあと、ベッドヘッドにあるゴムに手を伸ばした。あ、つけてくれるんだと思うとなんだかくすぐったい気持ちになる。つい横から見守っていると、慣れない様子で表と裏を確認しているのが微笑ましい。

「……笑うな」

「笑ってませんって」

黒田は目元に朱を散らしてこちらを睨《にら》むとさっさと装着し、元の位置に戻ってきて雨宮の膝裏をつかみ、両足を大きく開かせた。

　雨宮の中心はもう、待っているわずかな間にとろとろと先走りの蜜《みつ》をこぼし始めていた。

それを見て黒田はごくりと唾を飲み込みながらも、少し強ばった声を出した。

「すまない、私は経験がないからその、期待外れかもしれないが」

　この局面でそんな硬いことを言われ、今度はちょっと笑ってしまう。

「あの、課長、自信持っていいですよ？　俺、今はこんなですけど、風俗では感じるふりが下手で、そのせいで最初売れなかったぐらいですから」

「……ふり？」

　そんなことをする必要があったのかという顔の黒田に、雨宮は頷く。

「俺、お客さんとして、達ったことってあまりないんです」

「……そうなのか？」

「風俗はあくまでお客さんの方を達かせる場所なんで。だから誰とでも楽しんでたってわけじゃなくて……こんなになってるのは、ほんとに、課長だからですからね……？」

「……っ」

　潤んだ目で駄目押しに黒田を誘うと、すぐさま黒田の雄が押しつけられる。切っ先を入口にこすりつけるようにされ、その硬さに足がわななないた。

「やっ……課長っ、もう、早くっ」

「いや、焦らしているんじゃない。その、進入角度がわからなくて……」

「いっ、いいですっ、どの角度でも受け止めますッ」

そんなやり取りで黒田は顔をみるみる真っ赤にし、もう我慢できないとばかりに入ってきた。

「んッ……」

ほぐれきっていたそこは、ずちゅりと音を立てながら黒田を呑み込む。やっと挿入してもらえたという喜びに全身が震えた。

雨宮が痛そうにしていないことを確認すると、黒田はぎこちなくもゆっくりと動き始める。

「……は……っ」

上から降ってきた黒田の吐息が甘くかすれている。気持ちよくても、苦しそうに眉を寄せる黒田の顔は悩ましくて眼福すぎる。

「課長課長っ」

「……ん？」

「その顔、最高っ」

「なっ……」

上気していた顔がかぁぁっとさらに赤く染まっていき、雨宮はますますフィーバーした。

「それですその顔っ、ああずっと保存したい、写真に撮っておきたいっ！」

「わっ、私の顔などどうでもいいッ!!」

黙らせようとでもするように一気にねじ込みが深くなり、思わず高い声が出てしまう。

一番太い部分を奥までくわえ込まされ、充溢《じゅういつ》したかと思えば黒田が出ていきそうになり、肉襞《にくひだ》が逆なでされるような切ない快感に襲われる。

「あ……すごッ…………いい……っ！」

「……いいのか？」

目を瞠る黒田に、雨宮は何度も頷いた。

「いいっ……中が……じんじん……くる……ッ」

「……」

黒田が再び奥までこすり上げると、雨宮の口からまた嬌声《きょうせい》がもれた。

はしたなく喘《あえ》ぐ姿をまじまじと見下ろされる。中に挿れられている楔《くさび》がさらにかさを増した。

黒田の熱を感じる。生の欲望を感じる。

思えばこの前した時は黒田を追い詰めるのに必死で、深く感じる余裕はなかった。

今度こそ黒田も心から欲してくれているのだと思うと、嬉しくてたまらない。

中から突き抜けるような快感が生まれ、それに流されそうになっていたその時、

「……よかった」

――ぽつりと落ちてきた、声。

見上げると、まだ信じられないような、奇跡を見ているかのような顔をした黒田がいた。

「……課長？」

どうしたのかと問うと、黒田はわずかに自嘲《じちょう》を覗かせた。

「セフレなら必要ないなんて、あの男に豪語しただろ。……私は経験もないのにな」

その言葉にはっとする。

あれはそういう次元の話ではない。だけど店長はあのルックスであの自信で、多分いかにも手練に見えていて。

ぐっと、膝裏にかけられた黒田の手に力が増す。

寄せられる眉。ひたむきな目。そして。

泣きそうになるほどの安堵《あんど》をにじませて、黒田は言った。

「これで、あの男でなくても……君を満足させられるだろうか……？」

ぶわわっと涙が出てしまう。

課長、初めてだから、そんなこと、気にして。

(あぁぁあああもう!!)

なんですかなんなんですか駄目じゃないですかともう完璧《かんぺき》に雨宮はノックアウトされ、ますます奥が切なく疼《うず》く。

こんなかわいい人、世界中探したってどこにもいない。

「経験なんていりませんっ！　俺っ、課長の初めてが俺で、幸せです……!!」

それを聞いて感極まった黒田が一際奥に入ってくる。自身を刻み込もうとするように腰を打ちつける一回一回が激しくて、どうしようもなく愛おしい。その腰の動きがこなれるとともに徐々に速くなっていき、雨宮を無上の高みへと導いていく。

「好きだ、君が好きだ……っ」

息が詰まりそうな声で、すがるように告げられる。

雨宮は泣かされた。こんな一途な交わりなんて知らなかった。

「課長、俺も……大好き……です……っ」

黒田の深い想いに応えるように、雨宮もいっそうきつく黒田を食い締める。

言いようのない幸福感に包まれ、二人はほぼ同時に上り詰めていた。

梅雨《つゆ》の空とは思えない、抜けるような青空だった。

まだ梅雨は続くけど、それが終われば夏が来る。

そんなことを予感させる日差しの強い空を眺めながら、雨宮は大通りを歩いていた。

「今日は綺麗に晴れましたね」

「そうやけど、晴れたら途端に暑いわ。これ夏来たらどなんなるんや」

同じことを考えていた岩村が雨宮の右横を歩きながら、うちわをばたばたと扇《あお》いでいる。

雨宮の左横には黙って歩く黒田がいる。

翌日の昼休みだった。

雨宮の契約継続祝いに八木橋が声をかけ、有志数人で食べにいった。今はその帰りで、八木橋たちは少し前を歩いている。

朝は雨宮が出社したら、課の社員全員がよかった、というムードで迎えてくれて、ちょっと感動的だった。もちろん派遣仲間もすごく喜んでくれた。七瀬には本当に感謝してもしきれない。礼を言うと、七瀬は本当によかったですと涙ぐんでくれていた。

黒田と七瀬に感謝するのはもちろんだが、それだけではなく他の課長だって力になってくれたのかもしれない。そう思うと、この恩返しは一緒に働く中で返していきたい、と気持ちを新たにする雨宮だ。

「なんか……夢みたいです。ほんとに俺、これからも働けるんですね」

「まぁ、俺は心配しとらんかったけどな。黒田が動いとったし」

「あ、そういえば岩村さん、あの時、課長が契約継続に向けて動いてるの、知ってて教えてくれなかったでしょう?」

「だって、『本人には確定情報以外は言うな』って黒田に口止めされとったけん」

岩村はけろっとしたものだ。まあ確かにそれはもっともなことだった。

「……あの時ってなんだ?」

横で黒田が聞きとがめると、岩村はにかっと笑った。

「それはあれや。俺とあめみっちゃんのひ・み・つ」

「あぁ?」

「あ、俺コンビニ寄るけん。じゃっ!」

ちょうど信号が青なのを目ざとく見つけて、岩村は横断歩道を走っていく。

鮮やかな去り際だな、と黒田が呆れている横で、ふと引っかかった。

――『本人には確定情報以外は言うな』？

そういえば、黒田を毎日ウォッチしていた雨宮にさえ、黒田が契約終了阻止に動いていたなんてわからなかった。同じ派遣の七瀬がその動きを知るはずはない。

七瀬に黒田の動きを伝えられるとしたら、それは誰だったのか。

そのどことなく茶目っ気のある後ろ姿がコンビニに吸い込まれていくのを、雨宮は黒田の隣で見送っていた。

「それはそうと……時間、今いいか？」

「え、はい」

黒田は道沿いの大きな公園を指し、「寄っていかないか」と誘ってきた。

公園内をぐるっと一周するように作られた小道を並んで歩く。公園の周囲は木で囲まれているため、ちょうど日陰になっていた。

「昨日はそれどころじゃなかったが、ちゃんと話そうと思っていたんだ。専務と綾香のことを」

そう言って、黒田は話し始めた。

黒田の母が専務と交際していたのは二年ほど。

その途中から母は専務と一緒に暮らし始め、黒田もその交流に関わるようになった。互いの家を行き来するようになり、食事をともにすることも増えた。専務と綾香への情は徐々に深まっていき、感覚的に他人ではなくなったところで母は死んだ。

「私はな、あの人たちが好きだった」

ざぁっと風が吹き、頭上の緑のこずえが涼しく揺れた。

それは初めて触れる、黒田の素の心だった。

「母の葬式で号泣する専務と綾香を見て、この人たちは他人ではないと、……他人になりたくないと思った」

だが、母が死んだ今、自分とこの人たちにはなんのつながりもない。二人に気にかけてもらえることがありがたかったが、どこかで心苦しさが消えなかった。

こんな情を受け取る資格が自分にはあるのか。

そんな気持ちがわだかまっていた時に、専務から綾香との婚約話を持ちかけられた。

綾香をどう思うかより、結婚すべきだという思いに囚われていった。二人の好意に甘んじてそれを拒めないなら、本当の家族になることで『責任』を取るべきだと。

「母を亡くしたあとだったからな。今思えば無責任なことはできないと頑なに考えすぎていた。いつだったか君に、私が結婚するのは幸せになるためじゃないみたいだと言われてはっとしたんだ。それからしばらくして専務と綾香に謝った。全部話した」

いい話だが、ものすごく気になることが一つある。

「……ええと俺、そんなこと言いました……っけ？」

黒田はぬるい笑みを浮かべて、はは、と笑った。

「いいんだ。君は言った瞬間に忘れていたみたいだったが」

（って何それ!?　我ながらありえなくない!?）

そんな焦りまくっている雨宮を愛しそうに眺めながら、黒田は続けた。

「専務には馬鹿かと言われたよ。追い詰めるつもりで結婚を勧めたわけじゃないと叱られた。専務は、放っておくと私が一人になると危惧《きぐ》して話を進めてくれていたらしい」

その心配はわかる気がした。雨宮も黒田の真面目ルーツを聞いた時、それを思った。

「それで……これからどうするんですか？　専務と……若月さんと」

黒田は視線を上げた。なんという鳥なのか、小さな鳥が数羽、仲良く枝にとまって気持ちよさそうに鳴いていた。

「専務と綾香は家族じゃない。だが他人でもない。それを、そのまま受け入れようと思う。傍から見ればどっちつかずかもしれないが、それが私たちにとっては自然なことなんだと、納得できた」

結論を聞いてほっとした。いつかのように小難しい、頭だけで考えたものではなく、その言葉にはちゃんと生身の血が通っていた。それでいいと思いますと頷くと、吹っ切れた顔で黒田は笑った。

「君のおかげだ」

「いやあの……ええと、ほんとすみません、俺覚えてなくて……ってああっ、ヒントくださ い、絶対思い出しますんでっ」

「いや言葉じゃない。君の存在に救われたんだ」

「そ、存在？」

「君といると自由になれる」

空気に溶け込むような、穏やかな声。

その横顔は呪縛から解き放たれた、すがすがしい表情だった。

「君につられるんだろうな。今までそんなつもりもなかったが、私はずいぶん自分の気持ちを押し込めていたみたいだ。それを自覚して、綾香とのつき合いが間違いだと気づけた。責任を最優先に考えすぎて感情を置き去りにしていた。それで自分は息苦しかったんだと、やっとわかった」

「……」

聞いたこともないような身にあまる誉め言葉だ。自分は何もしていないというか、本当にろくでもないことしかしてこなかったのに、そんなふうに言われると調子にも乗れずにもじもじしてしまう。だけど、黒田がそれに気づいてくれたのは嬉しかった。

「俺もそれは……思ってました。課長にはもっと自分の気持ちを大事にしてほしいです」

「それもその時言われたな」

ええ!?　とまた焦り始める雨宮を優しい目で見守りながら、黒田はすっと真顔になった。

「でも君はいいのか？　その、親戚関係もない女性と私が親しくつき合って、君が気を悪くしないだろうかと、それだけが気になっていて……」

黒田は言いながら、少し落ち着きなく耳の後ろをかいている。

うわ、課長かわいい。

昨日の今日で、もう恋人としての地位を課長の中で確保してくれているのが感激だ。

「そういう事情がわかっていれば大丈夫です。あー……、でも、ちょっとは複雑ですね。元カノが家族みたいになるわけですよね」

するとと、黒田はぴたりと足を止めた。

「……いや、元カノじゃない」

「あ、そうですよね。婚約者ですね」

「いやそうじゃなくて……ああ、ええとな、今さらなんだが彼女は婚約者じゃないんだ」

「……はぃ?」

「結婚を前提としておつき合いをしていた、というだけだ」

何が違うんです? と雨宮も足を止めて目で聞き返すと、黒田はがりがりと頭をかいた。

「婚約者というのは結婚を約束した相手のことを言うのだろう? 私は彼女から結婚していいとも、好きだとも言われていない。私もそんな話はまだだったしな」

「えッ、ちょ、ちょっと待ってください。つまり……交際するのは親公認だけど、彼氏彼女の状態までいってなかったってことです……?」

そうだ、と黒田は頷いた。

「……」

「それが異動でたまたま二人一緒にこっちに来たから、婚約者という憶測《おくそく》が社内に広まってな。あながち方向性は間違っていないわけだから強く否定もしにくいだろ」

雨宮は口を半開きにして黒田を見上げていた。

どちらかというとそれは、交際していたのではなく、交際する前の段階だったというのではないだろうか。

「そっ、そういうことなら早く言ってくださいっ!」

「言えるかっ。言ったらもっと君は図に乗っていただろっ!」

「当然です！　それ知ってたら、ラブホに連れ込んだ翌日からマゾ奴隷にしてたのに！」

「そんな結末は断る!!」

おかしい。これに関しては絶対的に自分が正しいはずなのにという顔をする雨宮に、まったく、と黒田はため息をついた。

「第一、そんなひどい結末なら、いつから俺のこと好きになりようがないだろう」

「そういえば課長って、いつから俺のこと好きになってくれてたんです？」

それは、恋人に成り立てのカップルの間で交わされる他愛《たわい》ない一センテンスのはずだったのだが――黒田は一瞬、目の前にブラックホールが現れたかのような顔をした。そのふにょんふにょんと揺れるかわいいブラックホールに足を踏み入れたが最後、すべてが終わるという緊張がコンマ一秒の速さで黒田の全身を駆け抜けていた。

「そう……だな。最初は君のことを、普通の神経の持ち主じゃないと警戒していた。だがきちんと話してみれば意外に素直で、私なんかのことで落ち込んでいたりして、そういうのは……その、かわいいと、思っていた。それから君に自然と目がいくようになって、そうしたら君は妙に危なっかしくて、放っておけなくなって……気づいたら、引き返せないぐらい好きになっていた」

この説明自体に偽りはなかったし、雨宮ももちろん嘘だとは思わなかった。真面目で誠実な課長らしい経緯で、雨宮はふへぇぇぇと思うばかりだ。女王と奴隷のピンクな妄想しかしてこなかった雨宮とは大違いだ。

「……何か、おかしいか？」

「いえっ、そんなことないです。あの、俺……不束者《ふつつか》ですみません」

「そんなことはない。私の方こそ至らない人間だ」

黒田がやわらかに笑う。その目にはこぼれ落ちそうなほど愛情があふれていた。

それで充分なはずだった。

黒田の気持ちを聞けただけで嬉しいし、黒田の語ってくれた経緯に不服などあろうはずもない。ただ、もうちょぴっとだけ甘いテイストがほしかったという、小さな小さな我ままから雨宮は聞いた。本当に深い意味などなかった。

「いや、なんていうか、そのぉ、『あの時のあの言葉が決め手だった！』みたいなの、なかったのかなー？　なぁんて」

――その瞬間、全身の血が顔に集まったように黒田は真っ赤になった。

「……あるんですね？」

「いやっ、ないッ、ないッッ!!」

そんなに強く否定したら逆効果というものだ。慌てふためく黒田がかわいくて、ほんとに嘘がつけない人だなぁと思いながらもう雨宮は吐かせる気満々だった。

「俺はですね、最初にラブホで課長が『不能なんだっ』って告白してくれたじゃないですか。あれでもうビビッときたんです。ああこの人は俺を求めてくれてるって」

「そこか!?　というかそんなこと思ってたのかッ!?」

驚愕に目を見開き、なぜ君はそんなに危なっかしいんだという顔をされるが、そんな真面目な方向に話を持っていかせはしない。

「きっかけはそうだったっていうだけですよ。もちろんそれがすべてじゃないです。ほんとに好きになったのは、やっぱり課長の人柄を知ってからですしね」

さあ俺はしゃべったんですから次は課長の番ですと目で促すと、黒田はうろたえ、目をそらしたまま答えない。焦れた雨宮はそらされている目の方にずいっと体を割り込ませた。

「恥ずかしがることとなんてないじゃないですか？　昨日、想いを確かめ合った仲なのに」

「いやっ、それは……っ」

黒田の反応も楽しいが、その反応がますます雨宮の興味をかき立てる。黒田がそこまで恥ずかしがる決め手とはなんだったのか、これはもう聞かずにはいられない。

雨宮はすっと黒田から少し離れ、うつむいてみせた。

「つき合い始めて最初から隠し事ですか？　そんなことされたら俺……不安です」

いじいじと靴先で小石を転がしてみせたりする。押して駄目なら引いてみろだ。

これはもう、効果覿面《てきめん》だった。

がっと肩をつかまれ振り向かされ、きたきたと思って黒田を見ると……。

てっきり恥じらう課長が見られるとばかり思っていたのだが、これを言ったら人生が終わるかもしれないという悲壮さがその顔には満ちていて、唇なんか震えている。

え、何が始まるのこれと思っていると——。

「休憩室で君に、『俺にめちゃくちゃにされたいんでしょう』って言われた時だ……っ」

——そう白状した課長の顔が、泣きそうに歪んでいくのを見上げるこの感動を、どう表現すればいいのだろう?

道を日陰にしていたこずえが揺れ、光が差し込む。それは神聖な光景で、まるで山深い教会に二人で来ているようだ。

雨宮は恭しく黒田の手を取った。

キュィィインとその教会を囲む木々をなぎ倒すチェーンソーのうなりのごとく、雨宮の胸の高鳴りは最高潮に達していた。

「俺、一生課長を手籠めにします!!」

「しなくていいッッ!!」

どれだけ必死な思いで黒田がそう叫んだのか、頭が羽ばたいている雨宮にわかるはずもない。

「いやだからッ、それはあくまで君を強く意識したきっかけだ！　それにアレだ、一時的なことだ。気の迷いだっ。私は自分が自分で息苦しかった。その理由がわからなかった。だから君に……されると、そんな自分を打ちのめしてくれるような快感があった。だが息苦しかった理由は君が教えてくれた。だからもうそんな必要はないし、君を好きになった理由ではまったくないし、そっ、それにあの時は私が落ち込んでいたから慰めようとして仕かけてきたんだろう？　そうだな？　そうだろっ？　だから私はそういう君の優しさに惹かれたというのも今思えば……」

「課長」

静かな声で呼びかける。そして幼子を安心させる聖母のように小さく首を横に振った。

「マゾに理由なんていりません」

「いやッだからッッ!!」

頼む、頼むからそこぐらいは普通の男でいさせてくれという黒田のささやかな願いは、所詮《しょせん》このエロエロ大魔王の前では聞き届けられるはずもなかった。

マゾという、そんな恥ずかしい性癖《せいへき》は誤解ということにして永遠に封印してしまいたかったのに、一体どこまで黒田のすべてを突き崩さなければ気が済まないのか。

しかしながら、黒田のそんな究極に困った顔が、雨宮はとてもとても好きだった。

やはり最初の直感は正しかったのだ。

ラブホで黒田に求められていると感じた、あの直感は。

これから、したいことがたくさんありすぎる。黒田を縛って、虐めて、嫌というほど甘やかして、このかわいい人をどろどろのめろめろに溶かしてしまいたい。

「課長、俺言いましたよね。自分の気持ちをもっと大事にしてほしいって。これからはそういう恥ずかしい部分も全部俺に見せてほしいんです」

黒田はいじけたようにぼそりと言った。

「私は、君の前では格好をつけたいんだ」

「俺も、課長には、俺の前で肩肘張らないでほしいんです」

黒田は本当に弱った顔で、目の前にいる恋人をまじまじと見つめた。

「それにね……」

耳元に口を寄せ、雨宮がこそっとつぶやく。

すると黒田は顔を紅潮させ、もうあがくのを諦めたように歩き出す。そんな様子がまたかわいくて、雨宮は満面の笑顔で隣に寄り添った。

俺は、そんなマゾな課長さんが好き。

ベビードールを無理して着てみました

「あーあ、いいのないぃ……！」

夜、自宅のアパートでノートパソコンをかれこれ二時間近く見ていた雨宮夏樹《あめみやなつき》は、ギブアップとばかりにばたっと後ろの床に倒れ込んだ。

黒田《くろだ》にプレゼントするものを探しているのだが、これだというものが見つからない。

雨宮の契約継続が決まったのは、二日前の月曜のこと。

それについては多くの人が関《かか》わってくれていて、この恩返しは働く中で部の人たちに返していきたいと心に誓ったところだ。

だが、やはりもっとも尽力してくれた黒田には何か個別にお礼がしたい。

そう思って感謝の品を探しているのだが、見つからない。原因は圧倒的な予算不足だ。

黒田が身につけているものは服にせよ靴にせよ、それなりのブランドの品だ。上場企業の課長なのだから当然と言えば当然であり、そんな黒田に安物は渡せない。ネクタイぐらいなら雨宮でも相応のブランド品が買えそうだが、住民税さえ一括で払えない今の雨宮にとっては身の丈に合わない出費であり、もしその辺りの実情を知られれば、真面目《まじめ》な黒田がいい顔をしないのは目に見えていた。

　要するに、黒田が普段使いできるもので雨宮に買えるものなど、基本的にはないのである。

（消耗品なら買えるけど……ちょっと高級なティッシュあげるとか？　って、スーパーの福引じゃあるまいし）

　それなら栄養ドリンクの方がまだ愛情がこもっている気がするが、もっと働けというニュアンスを感じなくもない。

　ただの商品ではなく、自分が付加価値をつけられる物はどうだろうか。たとえばメッセージカードとか。

　黒田ならそれでも喜んでくれそうだが、問題はいい文面が思いつかないことだ。自分が適当なことを書いて、それを黒田が律儀に取っておく可能性を考えると逆に気が引ける。

　課長を辱めるのがプレゼント、というのもほんとは考えた。

　というか真っ先に考えたのだが、今回はそれだけはすまいと心に決めていた。

　課長を辱めるのはこれから日常的にする予定であり、何も特別なことではない。それをプレゼントなどと言ったら、黒田に「プレゼントと呼べるほど特別で頻度の低いこと」と認識されてしまう。そんな愚行だけは絶対に避けねばならなかった。

「だったら、何にするんだって話だよなぁ……」

雨宮はのろのろと起き上がり、またパソコンに向かった。

二日後の金曜日に黒田が雨宮のアパートに来ることになっており、その時にプレゼントを渡したいのだ。通販で買うなら今日中に注文しないと届かない。

そんなことを思いながらも気が乗らず、なんとなくメールチェックに逃げていると、ふとその件名が目にとまった。

『ランキング一位独占！　これで彼は貴方《あなた》の思うがまま！』

通販サイトのメルマガだ。この前、手枷《てかせ》と足枷を買ってから送られてくるようになった気がする。

その画像つきのメールを開き、ああランジェリーかと思ったが、アダルトサイトを見るノリでそのリンクをクリックした。

すると、黒いベビードールを着た女の子がぱーんとセクシーポーズで現れた。

(うっわ、これは売れるわ……)

雨宮はその販売戦略のうまさにうならされた。

ベビードールもそれなりにかわいいが、とにかく着用しているモデルのかわいさが半端ない。これが売れたきっかけは間違いなくこのモデルのよさだろう。

値段も実にお手頃で送料無料で千円。しかも今ならセクシーショーツがついてくるらしい。

（これで千円ってすごいな。あ、ワンサイズだからか？）

サイズはフリーのみ。大きさが一種類なのでより安く大量生産ができるのだろう。

しかしベビードールにしては胴回りがタイトで、これって小柄な子しか着られないいんじゃないかと思ったが、伸びる素材らしく、着られるサイズには割と幅がある。表示されている数字的には男の雨宮でもぎりぎり入るぐらいで、これなら大半の女性は着られるだろう。

恋人がこんな下着で盛り上げようとしてくれるなら、彼氏の方はそれだけでうっはうはだ。

（いいなぁ。女の子だったらこういう時、千円で彼氏を喜ばせてあげられるんだ）

そう思いながらサイトを閉じようとしたその時、ふっと頭に浮かんだのは、宴会の余興で男が女装するパーティーグッズだった。

「……もしかして、ウケる？」

それを思いつき、俄然《がぜん》熱心に商品に見入った。

あの女王コスチュームを着て雨宮がセクシーに決まるのは、あれがオーダーメイド品で、男でも綺麗《きれい》に見えるようにボディラインが形成されているからだ。雨宮は女顔ではあるが体は男であり、女性の丸みはない。そんな体で市販品の、しかもサイズがほとんど合っていないものを着ても滑稽《こっけい》なだけなのだが、ウケ狙《ねら》いならむしろそれがいい。

これを着てこのモデルと同じポーズを取れば、君は本当に馬鹿だなと黒田がいい顔で笑ってくれそうだ。

「よしっ、これだ！」

雨宮は気合とともに購入ボタンを押していた。


そして来《きた》るべき二日後の金曜日。

「うっしゃぁぁぁ！　はけたぁぁぁぁぁ！！」

黒いベビードールになんとか体をねじ込み、雨宮は歓喜の雄叫《おたけ》びを上げていた。

会社から帰宅してすぐ、届いていた大型封筒を開け、女子小学生の水着のようなサイズのベビードールが出てきた時には天を仰《あお》いだが、めげずにその繊細な総レースの布地を限界まで広げ、まず右足を入れ、左足を入れ、ものすごく慎重に引き上げていった。一箇所も破れずにはけたというだけで俺は成し遂げたという感動に打ち震えたほどだ。

「ちょ、これウケる、超ウケる！」

鏡の前で己の姿を見て、ひゃははははと大笑いした。

大胆にVの字に開いた胸元、足の付け根に近い太ももで揺れるひらひらの裾、そして隠しようもなく露《あらわ》になるボディライン。

女の子が着たら間違いなくセクシーだろうに、男が着たらV字の開きから覗《のぞ》くのは胸の谷間ではなく平たい胸板であり、ひらひらの裾から見え隠れするのは丸みのない尻《しり》で、ボディラインには抱き締めたくなるような膨らみも曲線もないという、この台無し感がたまらない。ちなみにショーツはほとんどひもだった。

（ああ……早く課長に見せたい！）

小躍りしそうなほど浮かれながら、雨宮は夕食の準備にかかった。脱いだら破れそうなので着衣はそのままだ。

今日は暑いから具だくさんの冷麺《れいめん》。枝豆もつけて冷えたビールを飲みながら課長と食べよう。

それから数十分後、ちょうど料理ができたところで黒田の来訪を告げるドアチャイムが鳴った。

（来た……！）

「あ、開いてますのでどうぞー」

サプライズのためにあえて出迎えずにインターフォン越しに返事をすると、黒田が「お邪魔します」とドアを開けて入ってきた。

Tシャツの上にアウターのシャツをはおってジーパンという、この前水族館で見たのと似たような私服姿だ。靴を脱ぎながら、肩に引っかけていた大きめのバッグを玄関に置いている。中身はお泊りセットだろうか。なんだか感激だ。

「夕飯作ってくれたのか……って、なぜ顔だけ出しているんだ?」

奥の部屋から玄関に続く台所を覗く姿勢でいたのを指摘され、にまりと笑う。よくぞ聞いてくれました。

「今日はなんと、スペシャルコンパニオンのなっちゃんがお世話をさせていただきますっ」

「……いや、君だろ?」

「ノンノンノン。スペシャルコンパニオンのなっちゃんです。今から呼びますので、課長は三つ数えるまで目を閉じててくださいね」

こういうのは、これから何か起きるという期待感の演出が重要なのだ。大道芸人だって取っておきの大技をする前はもったいぶって客を焦《じ》らすではないか。雨宮は「さぁいきますよ」と声をかけて目を閉じ、ゆっくりと数えた。

「さーん、にー、いーち、じゃじゃーん！」

あのモデルと同じセクシーポーズを廊下に向かって完璧《かんぺき》に決め——そこには誰《だれ》もいなかった。

「……あれ？」

課長が消えた。

まさか課長がカウンターでこんな大技を披露してくるとは思わず、雨宮は驚愕《きょうがく》する。

数えていた三秒の間、自分まで目を閉じる必要はなかったことに気づきながらも、その隙《すき》をつくとは敵もさるものだ。

この狭いアパートの一体どこに隠れたのか。台所の向かいにあるトイレか、それとも風《ふ》呂《ろ》か。しかし、どちらもドアを開ける時に結構な音がするのに、一体どうやって……！

と推理していたが、ふと気配を感じて振り返ると背後に黒田がいて、ベビードールの裾をぴろっとめくっていた。

「……ぅわおっ⁉　か、課長のエッチっ？」

「すごい下着だな。ひもか？」

裾をめくればそこはダイレクトに生尻で、何かはいているという申し訳程度にもならないようなひもが一本、股《また》の間を通っているだけだ。そのひもを黒田の指がなんの遠慮もなく、くいっと引っぱった。

「あっ、えっ、ちょッ!?」

袋の付け根から後孔にかけて、蟻《あり》の門渡《とわた》りと呼ばれる場所がひもにこすられ、じんと疼《うず》く。

「この前のより布がないじゃないか。君は隠す気があるのか？」

何を着ているのか検分するようにじろじろと視線が注がれる。しかも強度を確かめるようにひもを絡めた指を何度も動かされ、その刺激で前が膨らみ、ミニマムなショーツに前と後ろから力がかかって敏感な部分がさらにこすれた。

「ちょっ、おっ、踊り子さんには手を触れないでくださいっ」

「こんな格好で出てきて何を言っているんだ」

黒田の眉間《みけん》にしわが寄り、声には少し不機嫌な響きがにじんでいる。

もしかして、下品すぎて笑えなかったとか。

その可能性を考えてぎくりとしていると、ちゅく、と水の音が聞こえる。見ると黒田が口に含んでいた人差し指を離し――それをそのまま、雨宮の無防備な後ろの窪《くぼ》みに潜り込ませた。

「――!!」

あまりに性急な行為に、びくんっと体が跳ねた。

「ちょっ、なんッ……」

硬直する体に腕が回される。拘束する意図を持った動きで雨宮の体に絡みつき、その指先がレースの上から雨宮の乳首をいじり始めた。

「え、あっ」

「こんなに薄ければ着ていないのと同じだな。ああ、レースがある分、摩擦が増えるか」

尖《とが》り始めた乳首を指の腹ではさんで転がされ、雨宮はぶるっと震えた。V字に開いた布地の際にあった乳首はぷっくりと膨れて布地を押し上げ、布から見え隠れしている有様だ。

「あのっ、ちょ、ちょっと、課長っ?」

「なんだ」

耳元でつぶやかれる声がいつの間にか興奮にかすれていて、黒田の股間《こかん》が尻に押しつけられる。

(えぅっ!?)

ここに来てからまだ三分も経っていないのに、すでに黒田は臨戦態勢だった。

いつの間にそんな雰囲気に突入したのだろうか。

まず黒田を笑わせるつもりだったのにと、狂いまくりの展開に混乱する。

「なっ、なんでそっ、そういうことにっ、なっちゃってるんでしょうかッ?」

「……人を舐《な》めているのか君は」

黒田はいっそう不満そうな声を出し、雨宮の乳首にさらなる圧を加えながら言った。

「いくら私が普段不甲斐《ふがい》なくてもだな、私だって男なんだ。恋人にこんな格好をされて、我慢できるはずがないだろうっ!」

「……」

（エエエエエエぇぇぇぇー!?）

この、どう見ても男が無理して女装しましたみたいな、宴会芸な格好に欲情したんですか!?

雨宮の反応をどう誤解したのか、黒田はすねたように眉を寄せた。

「なんだその顔は。君は人をマゾだマゾだと決めつけすぎだ。大体だな……」

「いやっ、そうじゃなくてですねっ。この格好、おかしいと思いません!?」

言われて黒田は手を止め、雨宮の頭の先から体をたどるように視線を下ろし、素足の先まで見たところでうむ、と頷《うなず》いた。

「間違いなくけしからんな」

「いやいやそうじゃなくてッ！　男が着ちゃ台無しみたいなっ!?　胸もないしっ、豊かな丸みもないしッ、こう、ランジェリーに対する冒瀆《ぼうとく》的なっ」

雨宮、と黒田はその真面目な顔でひたっと見つめてきた。

「今さらそんなことで私は気にしない」

「いやいやいやっ、今そんな話じゃなくて服が似合わないという話でッ!!」

「似合わない？　何を言っているんだ。すごくかわいい。犯罪的だ」

（ーーーーーーーーー!!）

あまりのことに口をぱくぱくさせている雨宮だが、何も言葉が出てこない。

そのまっすぐな課長の目は、めっちゃフィルターかかりすぎです。

恋は盲目ということわざの現象を初めて客観的に見た思いだ。

「ちょ、あッ」

不意に抱き上げられ、壁際のベッドに運ばれる。やや乱暴に下ろされると、すぐに黒田に組み敷かれた。

「か……課長……っ」

見下ろしてくるその目が飢えた獣のような獰猛《どうもう》さを宿していて、どきりとする。こんな課長は初めてだ。

黒田はベビードールの肩ひもを雨宮の肩から外し、繊細な布地を脱がしにかかる。しかしそこで、レースがビリッと破れた。

不可解そうな視線が向けられる。これはどうやって脱ぐんだという顔だ。

「あのっ、これ、無理して着たので、多分、破かないと脱げない……」

なんだか恥ずかしくなってきてもじもじと申告すると、黒田は一瞬目を丸くして、ため息を吐くように苦笑した。

「まったく……なんのサービスだ」

へ？　と聞き返したところでレース地を無造作につかまれ、そのまま——黒田に思いっきりベビードールを引き裂かれ、思わず悲鳴を上げる羽目になった雨宮だった。


「課長って、女王コスよりはベビードールの方が断然好きなんですね」

しみじみと雨宮に言われ、黒田芳範《よしのり》はビールを噴きそうになった。

今は部屋の真ん中にあるローテーブルで、雨宮と冷麺を食べている最中だ。雨宮は部屋着に着替えている。

「……というかベビ……？」

「さっきのランジェリーの形状の名前ですよ。気に入りました？」

「いやっ、気に入ったとかではなく、君に女装してほしいとかでもなく、そ、その、今回は目新しかったというか、視覚的なインパクトがだなっ」

そんなことをしどろもどろに言っていると、雨宮に全部わかってますよという顔でむふっと笑われた。

「次に何かお祝いする時とか、課長が選んできたベビードール着ましょうか？」

「いっ……いや、それはいいいっ」

慌てて断ると、雨宮はあんなに盛り上がってたのに、と流し目を送ってきた。

あのあと――黒田は欲望のままに雨宮を抱いた。

黒いスケスケの布地は衝動に任せて破いたし、雨宮の奥まった場所はあの役に立たないひもショーツをつけたまま散々もてあそんでぐずぐずにして、何度も雨宮を貫いた。

抑えきれなかったのだ。あまりにも雨宮がエロくて、かわいすぎて。

（……しかし、自分にこんな衝動があるとは思わなかった）

雨宮と一緒にいると、知らない自分を次々と発見する。

雨宮とならありのままでいられる。自由でいられる。

それをまた今、実感していた。

行為の最中のことだけではなく、行為が終わってこうしていてもほっくりと心が満たされる。

雨宮はどんな自分でも受け入れてくれる。その安心感は他に感じたことがない。

何事もこうしなければならないという理屈や責任が先行していた黒田にとって、それは今まで思い描いたことさえないほど、かけがえのないことだ。

黒田は冷麵を食べ終わり、手を合わせてごちそうさまをすると、まだ食べている雨宮を抱き寄せた。雨宮は冷麵と一緒に腕の中に埋《うず》まり、くりくりとした目でこちらを見上げた。

「それにしても課長って、結構サドっ気もあるんですね」

「……だから、そうだと言っているだろう。人間は誰でもサドの側面もマゾの側面も持っていて、私もその例にもれず両方の側面を持っている。だからことさらマゾというわけではなく、あくまで普通の範囲内なんだ。わかるか？」

そうですね、と雨宮はにこにこと笑う。その返事に、恋人になってから言い続けている主張がやっと理解されたかと思いきや。

「でも次は、課長のマゾを堪能《たんのう》させてくださいね」

雨宮を抱く腕がぴしっと硬直する。

……自分にマゾの側面はある。それは今自らが口にしたばかりだ。

というか、黒田が雨宮にこんなに遠慮なく自分の欲望をさらけ出せるのは、今まで雨宮に散々恥ずかしい思いをさせられたからだ。今さら遠慮することなど何もないという境地に至り、言わばタガが外れたのだ。

つまり、こういう関係になれたのも、雨宮のああいうアプローチがあってのことであり——。

（……いや、でもだ……っ）

自分は会社の上司で、年上なのだ。

それなのにあんな恥ずかしい思いをさせられるとか、いいようにされるとか、そんなこと、今までどこまでも真面目に生きてきた黒田が簡単に平気になんてなれるはずもなく。

結局黒田は何も言えず、返事の代わりにぎゅっと愛《いと》しい恋人を抱き締めた。

あとがき

初めまして、またはこんにちは。不住水《ふじみ》まうすと申します。

この作品は、元々は他社に投稿し、選考の過程で二〇一一年二月～五月にただ読み.netで無料配信されたものです。タイトルは『へたれな課長さんが好き』で、ペンネームは『ふじみまうす』でした。配信終了後はムーンライトノベルズというサイトに掲載しており、それが幸運にも担当様の目にとまり、大幅な加筆修正を経て、念願の紙書籍デビューとなりました。応援してくださった皆様、本当にありがとうございます……！


このお話は、マゾ課長×元女王様の派遣社員で、マゾの方が攻めです！

なぜそんな話になったのかというと、自分は基本、真面目な攻めが落ちる話が好きです。その攻めが何か影を背負っていて、笑わない男ならさらに良しです。そしてそんな攻めが性的に乱れさせられるのが大好きで、それが全部詰まって真面目な課長さんがマゾな話になりました。

今回の大幅な加筆修正で、とにかく課長をかっこよく書きたいと思いました。そして自分の場合、「攻めがかっこいい＝攻めが苦労する」という認識なので、結果、課長の苦労が増幅されております（笑）。サイトの方に課長が雨宮に振り回される番外編等の情報がありますので、よろしければぜひサイトの方もお立ち寄りください。

(http://fujimimouse.seesaa.net/)

イラストを描いてくださった幸村《ゆきむら》佳苗《かなえ》先生には大変お世話になりました。課長ものすごくかっこよくて、雨宮かわいいです!!　どの絵も雨宮の一途さとそれに比例する課長の苦労が凝縮されていてすばらしいです。また、主要脇役六人をまさか全員描いてくださるとは思わず、すごく嬉しかったです。そして……雨宮の女王コス……よかったですッ!!

それから担当様、物質の本という形でこの作品を世に出せることになったのは、ひとえに担当様が手がけてくださったおかげです。本当にありがとうございます……！

自分は学生時代に文芸系のサークルに入ったことで、書くことから離れられない人間になりました。当時、作品を読んでくれた先輩、同輩、後輩に改めて感謝いたします。

そして何より、この本を読んでくださった皆様に、最大級の感謝を!!

二〇一三年十二月

不住水まうす

〜あとがき〜
楽しく描かせていただきました!!
最後のシメは、「ベビードールな雨宮におあずけをくらう課
です。
かわいい…
課長、今日はベビードールですよ
ほらほら〜

雨宮夏樹

黒田芳範

－初出－
Charade新人小説賞選考作品『へたれな課長さんが好き』(著者:ふじみまうす)に
大幅加筆修正
掲載期間:2011/02 ～ 2011/05

この本を読んでのご意見・ご感想・
ファンレターをお待ちしております。
〒101−0051
東京都千代田区神田神保町2−4−7
久月神田ビル7F
(株)イースト・プレス　アズ文庫 編集部

マゾな課長《かちょう》さんが好《す》き

2014年2月10日 第1刷発行

著　者：不住水《ふじみ》まうす

装　丁：株式会社フラット
ＤＴＰ：臼田彩穂
編　集：福山八千代・面来朋子
営　業：雨宮吉雄・藤川めぐみ

発行人：福山八千代
発行所：株式会社イースト・プレス
〒101-0051
東京都千代田区神田神保町 2-4-7
久月神田ビル８F
TEL 03-5213-4700　FAX 03-5213-4701

http://www.eastpress.co.jp/

印刷製本　中央精版印刷株式会社

ISBN978-4-7816-1115-0　C0193

牧山とも
イラスト／榊空也